故事力法则
STORY TRAINING

[美]哈迪娅·努里丁 —————— 著
（Hadiya Nuriddin）
杨献军 —————— 译

天津出版传媒集团
天津科学技术出版社

著作权合同登记号：图字 02-2020-184

© 2018 ATD
All rights reserved.
Published by arrangement with the Association for Talent Development (ATD), Alexandria, Virginia, USA.

图书在版编目（CIP）数据

故事力法则 /（美）哈迪娅·努里丁著；杨献军译. -- 天津：天津科学技术出版社，2020.8

书名原文：Story Training : Selecting and Shaping Stories That Connect

ISBN 978-7-5576-8552-2

Ⅰ.①故… Ⅱ.①哈… ②杨… Ⅲ.①故事－文学创作方法 Ⅳ.① I054

中国版本图书馆 CIP 数据核字 (2020) 第 145599 号

故事力法则

GUSHILI FAZE

责任编辑：布亚楠

助理编辑：马妍吉

出　　版：天津出版传媒集团
　　　　　天津科学技术出版社

地　　址：天津市西康路 35 号

邮政编码：300051

电　　话：(022) 23332695

网　　址：www.tjkjcbs.com.cn

发　　行：新华书店经销

印　　刷：河北鹏润印刷有限公司

开本 880×1230　1/32　印张 7　字数 116 000
2020 年 8 月第 1 版第 1 次印刷
定价：48.00 元

前　言

寻找故事高手

　　当时，我在培训方面遇到了紧急情况。我已经供职近3年的那家银行人力资源部门突然完全改变了绩效评估标准，此前获得一等评估成绩的最佳员工要改成五等评估成绩。这家银行的绩效管理课程当时也必须与时俱进，以反映出相应的变化。经理让我率先垂范，几周后开始讲授培训课程。

　　当时是21世纪初期，我对课程设计还很陌生。不过随着教学进程逐渐展开，我很快意识到那根本算不上是培训课程，只能说是复制在幻灯片上的人力资源政策。一想到要用两天的时间向一群人高声念出员工手册里的内容，我便禁不住浑身发抖。这门课程必须重新设计。但是在当时，我曾设计讲授的培训课程长度只有几小时，从未接手过像这样长达数天的培训课程设计工作。我同意讲授这门课程，但是要求经理允许我设计出全新的绩效管理课程，以供下次教学使用。他同意了。

我采用的是案例教学法，设计了几个学员们自始至终都要接触的相关人物。其中有许多感人至深的内容，不同于我们的培训部门在此前开设的其他任何管理类课程。我的课程设计也许没必要那么复杂，但是我想增加一些变化因素，这一点只靠那些静态的活页练习题与学员指南难以实现。

经过一个月的设计编写，又征询了其他培训教师的意见之后，就到了我开讲为期两天的新课程的时候了。我感到紧张，生怕忘记复制活页练习题、游戏卡，也担心学员可能需要其他教学内容。我在这门课程上投入了大量时间与精力，因为它标志着我开始由培训人员转变成为严肃的课程设计师。我为一切可能出现差错的环节感到担忧。我怎样能记住所有内容呢？如果课程太长或太短怎么办？人们会喜欢这门课程吗？

开课第一天，上午8点35分，我按照既定方案开始给学员上课。我先让他们做自我介绍。当自我介绍进程过半时，我发现教室里数我最缺乏工作经验。我没有再问后面的问题，只是瞪大眼睛听着每位学员讲述自己管理过多少人，在目前的领导岗位干了多长时间。自我介绍结束时，我面对着平均至少有5年管理经验的学员们呆若木鸡，有的学员担任管理职务的时间甚至比我的成年时期还要长。在课程的整个设计与实施过程中，我第一次面对着自己从未担任过管理职务这一事实。我从未管理过任何人的绩效，从未做过绩效评估工作，从未对任何人谈过绩效评估方面的事件。在评价绩效、指导别人或提供反馈意见等方面，我没有任何经验。我只熟悉上课用的原始材料内容，了解我本人接受绩效评估的经历。虽然我以前也讲授过许多自己没有任何相关实际经验的教学内容，但是这一次给我的感觉不一样，因为我不是教他们一些新内容，而是指导他们如何改进他们已经从事多年而我却从来没有干过的工作。我感到力不从心，难以胜任。

你如何解决达拉那样的问题

开课第一天的整个上午，我还算能够集中精力讲授课程内容。一直到我们开始谈论案例内容，我都极力避免给人留下一个骗子的印象（我觉得自己是个骗子）。共有四个案例，每四个学员一个案例。每个案例中各有一个不同人物，此人具备如下四个主要特点中的一个：雄心抱负、懒惰、平凡或强硬。我设计的那位人物达拉（Dalla），也是每个学员以前的虚构同事。她最受关注，因为有问题的员工常常是这样。案例详细介绍了每个员工的虚构工作与个人生活情况。但是研究达拉案例的小组学员可根据自己以往对问题员工的了解，额外提供一些有关达拉的幕后情况。他们诋毁达拉的方式是我根本无法想象的。

结果证明，正因为有达拉那样的员工存在，学员才来此参加培训。他们可以管理优秀员工（他们是这样想的），但是像达拉那样的员工却迫使他们参加了本次培训班。大多数学员在读过达拉发送的言辞刻薄的电子邮件后，都想立即对达拉进行猛烈抨击。当我告诫他们没有任何理由猛烈抨击达拉后，他们很自然地都想知道应该怎样做。他们可以将达拉调到别的部门吗？他们应该开始逐渐加强纪律约束吗？他们应该不理睬她吗？他们不想听更多的大理论，不想听其他学员都采取了什么措施。他们要听我这个人力资源部门培训人员，我这个看上去很有经验的管理人员（不然哪有资格教这门课程）讲一讲应该采取什么措施处理达拉那样的问题。我，在所有人当中，必须知道应该怎么做。

其实我并不知道。

在吃午饭的时候，我考虑了各种选择方案。我感到自己的可信程度正在下降，需要采取补救措施。我认为小组学员不应问我怎样处理达拉，而是应该学会如何避免处理达拉。回避问题要比正视问题容易。但是我知道仅仅对他们这样讲还不行,他们不会就此满意的。我还注意到自己对待学员小组的态度发生了变化。我想为这个使人百感交集的虚构女性辩护。他们谈论达拉的方式让我感到烦恼,我想让他们表示一下同情理解。他们寻求的并不是答案,但是同情理解永远是朝着正确方向迈出的一步。

"你为什么不喜欢我?"

　　看到每位学员吃完午餐回来后,我仍然不知道该怎么做。于是我便决定说出自己的想法。

　　大学毕业后大约一两年,我在一家复印店里工作。我既不是经理,也不是主管。我只负责实际复印工作。这不是我的学士学位应该给我带来的好运,但这是我的实际处境。我对此并不满意。我只是做自己的工作,但是我还有一位经理,所以很是讨厌。我并不特别讨厌经理,我只是讨厌还有个经理管着我。于是我在背后贬损他,跟同事说他的坏话,从上次他主持会议的方式到他驾驶的汽车全都贬损了一通。

　　就这样过了几个月后,他在一次绩效评估中直接同我当面对质。

　　"你为什么不喜欢我?"

"什么？"我回应道，用一只手捂住胸口遮掩创伤，心里感到非常震惊。

"我知道你不喜欢我。"他接着说，声音有点颤抖，但是目不斜视，"没关系，并不是每个人都喜欢我。但是大家确实喜欢你、尊重你。你的看法对他们很重要。"

当时我也想极力反击，然而话一说出来却软弱无力："可是……"

"我只有一个要求：如果你对我有看法，可直接找我。"他继续说道，"不要跟任何人说你觉得怎么样。这对他们不公平，因为他们不了解情况，无法形成自己的观点。同意吗？"

我盯着他。我看得出来，他绝不是仅仅对我不满。也许他认为自己不应该在那里任职，他也有更高的目标。无论"更高的目标"是什么，也许拼命付出却收获很少这一点提醒他：他并不属于那里。

"同意吗？"他伸出手来同我握手。

我同意了。随后一切安好。我的经理是一个真实人物，我的行为所产生的结果也是真实的。

因此，我的学员感觉达拉也是个真实人物。因为就在几年前，我就是达拉式的人物。

有针对性地讲故事

我对全班学员说，我之所以这样带着负疚感承认事实，是因为我希望他们能够抵制结清宿怨这种欲望。达拉心里害怕，不知道该如何应对自己的感受。我让学员回想一下当自己感到失落、受到忽视，或者不受重视的时候，他们是怎样做的。以"态度不端正"为理由，将一个人从大型企事业单位中除名，这很少能成为一个可行之策。唯一可行的选择是正视问题。忽略问题或试图摆脱问题，结果只能使问题变得更加严重。恐惧具有传染性，能在人群中蔓延开来。根本没有必要回避达拉的感受。我对学员说，他们对公司、达拉、他们的团队以及他们自身的福祉负有责任，应该多花一些时间考虑如何解决问题，扭转局面。问题本身不会自动消失，你要么摆平它，要么被它压垮。

我的意图是鼓励同情理解，但是回首往事时，我认为当时我也回答了学员们未说出口的一个问题：你怎样解决达拉那样的问题？你首先同情理解她，然后再直接处理问题。这对每一个人来说都不一样。当时在复印店领导我的那位经理实在受够了，直接找我对质，但是也可以用其他方式来处理问题。这在某种程度上体现了管理人员的责任具有模棱两可的性质。你不知道最后是什么结果，但是直接面对问题在某种程度上是控制结果的唯一途径。放任自流的态度，对问题员工与其他人均无益处。

讲述我自己的往事很可怕，我担心学员会不再尊重我。这种情况并没有出现。第二天，学员纷纷承认在成为一位优秀管理人员的过程中，往往会有各种不安全感。有一位研讨达拉案例的学员（对达拉的古怪表现，其言辞极为直率）承认，她觉得不断考验这些员工让她显得软弱无能，这对她的工作与生活都构成了威胁。她还承认，她对达拉感到愤怒，原因是真的担心自己是一位无能的领导者。

以讲故事促进交流

那一天，我认为自己根本讲不出什么东西来，因为我没有任何管理经验。但是我知道，潜藏在学员失意情绪背后的是担忧、愤怒与不安全感，而这些感受也是我本人要讲的许多故事的基础。这就是讲故事的魅力。你可以透过故事内容认清问题的本质，而问题却又常常受到情感的影响。因此，培训师自然会倾向于把讲故事视为将实际生活经验（还有真实的人）同具体内容联系在一起的一种途径。我现在仍然将那门课程视为我从事教学设计的开端，也就是从那个时候起，我才了解到培训师的真正作用，了解到如何把讲故事用作有效的工作方法。

说到以讲故事促进交流，必然要说到培训艺术本身。当学习与发展方面的努力都集中在绩效支持与在线学习上时，培训师的旨意很容易被忽视。我们经常会接到各种课程教学（或者自己设计课程）的任务，按指导意见领会教学内容，让学员领会掌握。我们负责讲授的课程最好能够支持学习经历，帮助学员将知识转化为绩效，帮助大型企事业单位实现自己的各种目标。培训师应该指导学员完成整个学习过程。

"指导"一词准确地体现出培训师的作用。我们要把学员带到具体的目的地，但是我们应认识到我们的教学目标是帮助他们确定并实现自己的目标，这些目标也许不同于我们最初设定的目标。学员最终能学到什么程度，取决于他们在哪里起步，以及他们接受学习新行为的动力。培训师知道自己能对结果产生多大影响。贾尼思·费舍尔·陈（Janis Fisher Chan）在《培训基础：普发基本培训指南》（*Training Fundamentals : Pfeiffer Essential Guides to Training Basics*）中写道："有时培训人员没有认识到他们并不对学院的学习负责。学员要为自己的学习负责。作为培训师，则要负责创造一个有利于人们学习的环境。"

了解培训师的影响并学会有效利用这种影响，是从事这项工作的关键所在。这需要时间,需要亲自实践,潜心钻研。从事培训工作的专业人员很早就知道,这项工作不仅仅是专业知识与演讲技巧的有机结合。尽管这些知识与技能很重要,但是培训工作也需要同情理解与暴露弱点,需要能够搜集信息,处理信息,并将其同课程内容以及此前学员的评论联系在一起。这些都是鼓励学员将你看作普通人同你打交道的必要条件。假如我事先没有同学员建立起融洽的关系,那么我所讲的自己当年同经理闹别扭的故事就不可能收到那么好的教学效果;假如我不知道与学员的融洽关系已经建立起来,我在学员面前给自己揭短时就不会那么从容淡定了。

作为指导教师,我们帮助学员举一反三,融会贯通,这是教与学的关键所在。一门课程只是由一系列相互联系但并不明显的概念与学习任务构成的。学员必须在所学内容与个人经验之间建立联系。通过课程设计的各项活动,培训师也许还可以在学员之间建立各种联系,使他们在受训过程中相互学习。

在帮助学员联系实际开展学习的过程中,变现同情理解与自揭短处的有效途径是什么呢?讲故事!这是最古老的教学方法,如今仍然极为有效。

讲故事的本领是一套可通过练习加以掌握的技巧。但是普通讲故事的人，无论技巧如何娴熟，同故事高手相比仍有差距。任何人都可以讲故事，但是要想成为故事高手，仅仅掌握技巧还不够，只靠画龙点睛般的妙语也不行。如果忽略深入挖掘内涵，未能透过故事表面进一步揭示所讲的事件如何改变了你自己，那么讲述一个在你工作中面临挑战且似曾相识的故事效果便会打折扣。我在上述故事中讲述了我如何对待经理的态度，询问了我的学员是否也回想起类似的经历，但故事要说明的是我认识到了自己那样做的原因，也认识到那样会产生的不良影响。

普通讲述者与故事高手

培训授课不仅仅涉及联系实际，融会贯通，更是为了引起变化。你也许没有考虑过一件事为何会发生，没有考虑过自己的得失。但是一个普通讲述者与故事高手的区别在于，是否对自己经历过的事件进行反思，然后从中挖掘教益意义，使别人在某方面发生变化。

只要培训师明白教学的乐趣来自于面对的各种挑战，比如直接面对学员的无动于衷与抵制情绪而产生的烦恼；即使双脚疼痛也要站着思考；每天连着8小时大声讲课等。这样你就会知道仅仅讲故事是不够的，还必须挑选和塑造具有启发意义、可以促进变化的故事。为了得到这样的故事,你必须愿意找到它们,也要让它们找到你。你必须从自身经历中挖掘教益意义,随时在陌生人面前毫无掩饰地揭示一些事情。在那天,我并不想讲述我在复印店的工作往事,但是我早就领悟出那件事对我个人意味着什么,也认识到它会对我与其他管理者的关系产生什么影响。我看出了吸取教训同现在的处境有何关系。为有效促进联系实际的学习过程,你必须首先认识到事物之间的密切联系。你应该成为一名故事高手。

成为故事高手也是一种生活方式,以这样的方式体验世界,影响自己的所见所闻,并以自己的特有境遇视角再现出来。故事高手已经存在于你的心中,一直存在着,今后还要继续存在下去,不断发展变化。你可以促进这一过程,学会选择、组织、塑造各种故事,亲自讲故事——这些故事应该能够最大限度促进对事物间各种联系的认识,使听者发生显著变化。

本书简介

本书阐述的内容是如何把讲故事用作一种培训策略,帮助培训班学员通过自己的经历将课程内容、各种想法以及他们周围的人物融会贯通,联系在一起。本书第1部分分析故事如何促进学习过程。这类故事既改变故事的亲身经历者,又改变听众。我们在这一部分探讨故事的基本结构要素及其重要意义。有人把讲故事视为通过回忆来展开即兴聊天。但是如果不加以有意识的修改润色，故事更有可能被人理解，使你的意图得到实现。第 2 部分重点阐述故事最有助于学习的 4 个特点，我们将会看到每个特点在学习实践中的具体作用。你可以把这些特点用作选择故事、促进学习的参照标准。

如果不把故事绘声绘色地讲出来，帮助你实现自己的意图，那么故事便毫无意义。本书第 3 部分剖析如何把你选择塑造的故事绘声绘色地讲出来。我们将探讨在你进一步磨炼故事高手本领的过程中，如何通过具体训练来达到目的。

我希望你在读完本书后能够产生这样的认识：在如烟往事中搜寻求索，重新剖析昨日的成功与失败是值得的。但愿从此后你不再说自己不擅长讲故事，而且重视这一事实：你从个人经历中获得的教益对于你自己与别人均具有重要意义。尽管有可能牵扯到个人情感，但是我相信你有足够的耐心发挥自己的聪明智慧，精心选择塑造你要讲述的各种故事。我希望在你尽心尽力修改润色完每一个故事后，都能够绘声绘色地把故事讲出来，大大增强故事的效果。所有这一切，只会使你内心的那位天生故事高手更加强大！让我们开始行动吧。

目 录
CONTENTS

Part I 塑造故事高手

1. 故事基本要素 / 005

2. 释放故事的力量 / 025

3. 塑造你的故事 / 043

Part II 用故事震撼人心

4. 产生共鸣联系的故事 / 067

5. 体现出变化的故事 / 081

6. 具有相关性的故事 / 097

7. 具有娱乐性的故事 / 109

Part III　成为故事高手

8. 展示自己的故事高手 / 131

9. 吸引听众的故事高手 / 147

10. 运用肢体语言的故事高手 / 161

11. 展示与讲述手法并用的故事高手 / 175

12. 成为故事高手的过程 / 189

致谢 / 201

注释 / 203

Part I

塑造故事高手

想想你最近最喜欢的一个故事。你觉得怎么样？很不一般吗？也许它会触发意想不到的感受，或者让人想起那些早已遗忘的往事。现在，回想一下你喜欢听的一个故事，那位故事高手把故事讲得绘声绘色，栩栩如生。再想想是否有个故事一直伴随着你？我说的不是你记得的故事，而是让你难以忘怀的故事——你可能不喜欢它，但它一直萦绕在你的心头；你经常反复讲述它，人们都懒得对你说这个故事你已经讲过了；这是别人的故事，但听故事的体验却属于你。

有你喜欢讲的故事，有你喜欢听的故事，有你永远不会忘记的故事，但是还有第四类故事，即那些讲述变化过程且使你发生变化的故事。有时候，这些故事内容丰富，层次分明，引人入胜，使你不由得睁大了眼睛。这些故事也可能很简短，简短得就像一道闪电划过，但是很有魅力，听过之后使人久久难以忘怀。

当年我在技术支持部门工作的时候，有一个同事很少与别人接触。她有明显的中国口音，很难用英语交流。我认为这是她讲话简短的原因。有一次只有我和她在办公室，她问我是否旅行过，我告诉她我不喜欢旅行。早在二十多岁的时候，我就认定我需要看到的一切，都能在PBS（美国公共电视网）电视节目上看到。她笑着说：

"我不喜欢旅行，我丈夫总是想去观光旅游。最后，我答应了，然后我们去了华盛顿的山区……"

她把手放在胸前，急促地吸了口气，"太美了，我的心扉……敞开了。"

她讲的故事很完美。它有一个需要克服的挑战，故事主人公发生的变化——这是两个不可缺少的故事要素。最重要的是，故事简短，寓意真诚。在那之前，我只把旅行看作出去走走，观看风景。但是她讲的故事改变了我的想法，然后我的想法又改变了我。她告诉我，旅行的乐趣就在旅行体验过程中。本书的第1节内容探讨那些既改变了故事主人公，又改变了听众的故事。这样的故事既能促进学习，最终也能促进变化。

1.
故事基本要素

当你听到一个故事后,你认为自己会认出它来吗?如果你认为简单重述一些事情就是讲故事,这是情有可原的。但事实上不仅仅是这样。韦德·杰克逊(Wade Jackson)在《故事的功用》(Stories at Work)中将故事定义为"一系列发展中的事件,结尾处某人或某事发生了变化"。丽萨·克龙(Lisa Cron)在《妙笔生花:教你吸引读者的作家指南》(Wired for Story: The Writer's Guide to Using Brain Science to Hook Readers From the Very First Sentence)中写道:"故事描写的是已经发生的事件如何影响一个试图实现艰难目标的人,最后他或她是如何改变的。"

上述两个定义以及其他类似定义均涉及两个词语:事件与变化。挖掘相关事件,需要你退后一步,审视整体布局;而精确定位变化则要求你近距离观察,深入挖掘故事内涵。

不可或缺的事件

故事由一系列相互关联的事件组成,每一个事件均由前一个事件引起或受其影响。事件之间的因果关系为故事增添了情节发展的动力,这是迫使听众坚持下去的秘诀。相互关联的事件会引起一个变化,这通常就是故事的重点。但是变化需要耐心解读,使读者乐此不疲。

怎么可能有人讲一个什么都没发生的故事呢?讲故事的人可能被细节缠住,不能或没有退后一步注意到事件的完整顺序,思考它们的起源、联系与影响。例如,一位女同事曾告诉我,有一次一个学员在她讲课的整个上午都在看小说,完全没有将她和其他学员放在眼里。那位学员并不谨慎,他举起书大声翻书,甚至对所读的内容做出反应。我想,这会是一个好故事,因此迫不及待想听到下文。然后,她不再说话。

"你是怎么做的?"我问。

"对他吗?"

"是啊。你叫他出去了吗?你是怎么让他停下来的?"

"我没有。"她说,就像刚刚想到的那样。

虽然这对她来说可能像一个故事,但事实并非如此,这只是一系列事件。那么,我们如何将一系列事件转化为一个故事呢?首先,确定你正在充实完善的故事重点是什么。在我的朋友所处的情况下，故事重点可能是那个学员上课看小说的原因；或者考虑到她可能永远不知道其中的原因，故事重点可能是培训师应该如何处理这种情况。事实上，它可以用于促进学习各种内容，包括培训教师、培训授课与演示技能课程。你也可以把它用于培训新的主管，他们需要学习如何在面对阻力时做好领导工作，影响别人。选择合适的寓意重点，是确定你讲故事意图的关键，这将影响到选择描写哪些事件。

一旦你知道你正在关注的是什么，接下来就可以处理你知道和不知道的事情。要使自己置于我那位女同事在教室前面的位置上。值得一提的是，学员在课堂上看小说那件事发生在 21 世纪初，当时人们还没有同时使用手机和笔记本电脑。自从智能手机问世以来，在演讲时我已经对少数听众不理不睬的态度觉得无所谓了。但即使现在，也还没听说过如此厚颜无耻上课读小说的情况，坦率地说，这很奇怪。尽管他的行为确实不好，有些反常，但谁介意呢？在克服了那位学员的严重恶习影响后，你需要选定更多的事件来编故事。确定可提炼出故事寓意的某些事件的唯一方法是从大局着眼。

发掘历史悠久的事件可能是一个挑战。你也许记得准确，甚至根本记不清；你也许记得这些事件，但不记得它们之间的先后顺序或关系。在某些情况下，列出特定事件并不重要，但当它发生时，确定故事的时间线非常有利于安排事件细节，理清它们之间的相互联系及其含义。

关键事件的时间安排

安排好时间是一种确定关键事件前后其他事件的策略，它是故事的重点。这项练习旨在帮助你确定故事中的关键事件，并安排好发生在它前后的其他事件的具体时间。这意味着，在关键事件之前的事件导致了它的发生，而在关键事件之后发生的事件则是由它直接或间接引起的。所以，你要特别寻找一些能够支持你的意图以及它们之间因果关系的事件。要确定一个事件是否奏效，必须考虑其重要性。

在确定时间线时，首先亲手画一条代表故事的线段（图1-1），然后确定关键事件，可帮助你将整个故事牢记于心。关键事件通常是故事其余部分所依赖的关键。作家称其为故事高潮，它是金字塔形戏剧结构模型的一部分。先从左边开始讲述，然后情节逐渐紧张起来（由金字塔的左侧表示）。逐渐紧张的情节导致了叙事高潮（位于金字塔顶端），故事情节的紧张程度达到极点。在高潮之后，我们沿着金字塔的右侧向下移动，情节紧张程度减弱，最后一切都见分晓，故事结束。随着时间的推移，作家们对这种故事结构提出挑战，加以重新想象并彻底否定（例如，以高潮引导、没有完美收场等）。但是在安排故事中各种事件的时间线时，这仍然是一个值得考虑的故事模式。此处我们将金字塔结构作为一种典型模式，并把关键事件设置在时间线的中间。

故事

关键事件

图1-1 如何设置故事时间线

现在，从关键事件开始，在你的记忆中尽可能多地搜寻一些发生在关键事件之前的其他事件。要记住，你是在寻找既支持你的意图，又与关键事件有因果关系的事件。首先搜寻那些你记得就发生在关键事件之前的其他事件，接着再往后搜寻，这样做比较容易。我们将这些事件称为前导事件，因为它们导致了关键事件的发生。

一旦你确定了全部前导事件，接着便要搜寻后发事件。这样的事件是由关键事件（以及导致关键事件的所有事件）而引发的事件。重要的是，在确定后发事件的过程中，要一直专注于自己的意图。为了避免处理过度，我们将间接事件的产生归因于关键事件。同时，把注意力集中在发生的事件上，而不是没有发生的事件上。通常不可能说一个事件不是由别的事件引起的,例如,"因为一次交流活动,我的老板把我提升为经理"的可信度,要大于"因为一次交流活动,我的老板没有把我提升为经理"。前者是我们习惯的鼓舞人心的结局,这可能使你的假设比较可信。后者则显得不太可信,会让人们怀疑你是否遗漏了另一个没有被提升的原因。

时间安排的一个重要部分是自问,这有助于你记住前导事件与后发事件,并考虑它们之间的相互联系。虽然没有具体问题可问,但问题大体分为3类:

- 先后顺序与联系。
- 地点与时间。
- 见解。

为每个符合标准的事件在时间线的合适位置上画一条竖线(图1-2)。

图1-2 在时间线上添加各种事件

下面是一个设计时间线练习的实例。我首先解释一下编故事的意图,因为如前所述,正是意图推动着时间安排的进程。

夜间发出的电子邮件

意图:故事的旨意是警告一组监管级别的管理者,同直接下属进行的非工作时间沟通可能产生的后果,并鼓励管理者终止或尽量减少这种活动。

我记得的经历:我曾管理着一个由五个人组成的团队。我白天很忙,所以大部分电子邮件都是我在晚上发出的。无论我何时发邮件,似乎都会得到即时回复。我假设他们当时正对着电脑或手机,并像我一样,认为他们会通过立即回复电子邮件在下个工作日抢得先机。在一次会议上,我告诉我的经理,前天晚上我从一个直接下属那里收到了一些信息。他对我说,晚上不应该给我的员工发电子邮件,因为他们可能觉得有义务立即回复我。他让我考虑第二天发送邮件,或者使用邮箱的延迟发送功能。我认为他的要求很愚蠢,因为我从未告诉我的团队什么时候回复电子邮件,是他们主动选择这样做。我也没有认真对待他,因为他整晚都给我发邮件。我有一段时间晚上停发电子邮件,但很快又开始在晚上发电子邮件了。

早期记忆的这件事要说明的是：当故事只包括一系列事件，主人公没有见解，没有发挥能动作用，或者没有被认可的变化时，故事会给人留下怎样的印象。时间线有助于用事件填充空白，然后将这些事件串联起来，从而促成更深层次的思考。

时间线问题

关键事件：与我的经理会面

• 先后顺序与联系

在会面前出现了什么情况？我不记得了。

是什么促成了会面？我记得我们当时正在进行一个有压力的大项目。我认为这次会面是一次"签到"会议，而不是为了专门讨论电子邮件。

会面后出现了什么情况？我不记得了。但是如果让我猜测的话，我可能会在一个同事的办公桌前抱怨我的经理提出的要求。我确信我关注的是他在晚上给我发电子邮件这件事，尽管他告诉我不要发邮件。

• 地点与时间

在哪里会面？在现场的一个会议室里。

在这件事发生之前，他成为你的经理有多久了？我在那里工作了一年多，我确信这是在我的任期大约过半时发生的。

- 见解

你觉得你和经理的关系怎么样？我们关系紧张，难以有效地沟通。

你觉得你的团队怎么样？我初次管理这样一个规模的团队，所以我一直在学习。我喜欢每个人，但我不确定他们对我有何看法。

你为何在晚上发电子邮件？老实说，我不想立即得到回复，我想把问题暂时搁置起来。起初收到回复时我很惊讶，这是我工作以来首次遇到人们在晚上收发电子邮件的情况。当我得到直接回复时，感到很沮丧，因为我必须在事前重新考虑问题。

你如何看待老板晚上给你发电子邮件？在开会之前，这让我感到很不安，但这似乎是企业文化的一部分。会后，虚伪的表现更让我心烦。

现在关注的重点似乎就是他的虚伪。这个主题符合你的意图吗？不，我想我本该关注的重点是使你为员工们树立起榜样，这很重要，但这是另一天的故事内容。我还是想再谈一谈我自己的行为。

往后退一步，把注意力放在自己身上，把自己当成一个正在指教其他管理者的管理者。你与经理的谈话是否让你认识到非工作时间沟通的后果？我当时不想承认，但我的经理是对的。我知道他是对的，因为我回复了他晚上发给我的每个电子邮件。他没有要求我回复，但我还是觉得有回复的义务。他告诉我不要做的事件他自己却在做，这并不重要——我对他的消极看法蒙蔽了我的双眼。重要的是，我不想让我的员工在晚上陷入困境。我知道我选择的后果，因为我正受到后果的影响，我不希望我的团队也有和我一样的感觉。

我会就此打住。仔细阅读了一个有关给我的员工发电子邮件的简单故事后，竟然使我认真地探究起我作为一名新任管理人员所面临的种种不稳定因素。在提问过程中，我又了解到一些事件与新见解。现在，让我们完整回顾一下我为这个故事安排的时间线。

安排时间线

前导活动

- 我被一家公司聘为新任经理。在这家公司，非工作时间的沟通似乎是一种常态。这对我来说是个新概念，结果……

- 我开始在晚上给我的员工发电子邮件。说实话，我自认为做得很好，因为我不想立即收到回复。我还是个新手，对自己、对我正在做的决定都没有信心。结果……

- 我在深夜给员工发电子邮件后收到了回复，并在会议期间向我的经理提到了这一点。结果……

关键事件

- 我的经理告诉我，我可能会在团队中引起焦虑，因此我应该考虑停止这种做法。结果……

后发事件

- 我对我的经理很生气，因为他晚上也给我发电子邮件。于是我决定关注他的虚伪，而不是改变我的行为。结果……
- 每当他在晚上给我发邮件时，我对他本人行为的关注让我意识到每晚的邮件对我会产生什么影响。结果……
- 我不得不承认，我发送的电子邮件会对我的团队产生影响，就如同我的经理发送的电子邮件对我产生影响一样。

后退几步，利用时间线从大局着眼，我能够将导致关键事件发生的一些前导事件同随后由关键事件引起的其他事件结合起来，编写一个更加富有效果的故事。时间线有利于你体现出大多数故事定义中包含的另一个要素：某事或某人一定要发生变化。

什么是"变化"

为了更好地理解事件与变化在故事中所起的作用，不妨同电影做一番比较。我是个影迷，但不是那种将电影名称、发行日期与台词统统记下的影迷。我更喜欢通过看电影进一步认识人的行为及其背后动机。

每一部电影不可或缺的一个重要内容是角色演进，它描写了影片主角的人物变化经过。角色演进往往通过人物变化过程中发生的一些事件，以及这些事件引起的变化来刻画人物。许多电影都建立在人物变化的基础上：好姑娘发疯，浪子回头，用公路电影[1]比喻自我发现历程。这一点不难理解。变化经常是经典恐怖片的重要情节触发点，无论是人变成怪物的身体变化，还是怪物变成人的精神变化，莫不如此。而且变化也不仅限于虚构作品，许多成功的纪录片描述的是被世界改变的人物，或者迫使周围世界发生变化的人物。电影就是要探究、揭示并记录变化，采用叙事手法将其呈现给观众。

但是应记住，我们不是仅仅谈论变化本身。作家们讲求的是笔下人物怎样"收获"变化。在我提到的那个夜晚发送

---

1. 公路电影：主要是指以路途反映人生的一类电影。

电子邮件的故事结尾，我也可以只这样说："在经理要求我晚上别再发电子邮件之后，我再没发过，成为一位改掉了旧习惯的女人。"若只是这样，则仅仅对我自己有帮助。真正有帮助的是看到我的选择逐渐发生了变化，或者更确切地说，看到我收获了变化。与学员有关联的是过程，而不是变化本身。你的经历也许可以向学员表明怎样实现相同的变化。

再以电影为例，想想电影蒙太奇手法。拳击手不能仅仅在比赛中获胜就行，我们必须亲眼看见他赢得比赛。我们同人物的关联越紧密，就越愿意设身处地体会他们的境遇。你也可以通过改变自己，使妻子回心转意，准备在5分钟内打败世界重量级冠军！[2] 先不说放弃怀疑这一点，但凡适用于观看电影《洛奇》（*Rocky*）的观众的原则，也同样适用于一位从你所讲的故事中了解反馈重要性的新任经理。这就是变化在故事中所起的作用，也是故事能成为促进工具的一个原因。没有变化的一系列事件也可以写成故事，但是不会特别有趣、引人入胜，也不会催人上进。你需要积极寻找变化。

---

2. 像电影中的某些情节一样，通过变化让人回心转意。

寻找变化

寻找事件迫使你后退几步从大局着眼，而寻找变化则要求你近距离观察，深入挖掘。很容易把讲故事视为描述一系列事件，因为讲故事是较长复杂过程的唯一明显表现形式，而且还是最容易的一个环节。难的是体验各种事件，通过空间与时间（包括实际意义与象征意义）的相应安排分布，形成对事件的特定看法，将各种事件串联起来，写成一篇故事，并知道何时把故事讲出来。

道格·史蒂文森（Doug Stevenson）是一位战略业务故事专家，数年来一直从事专业故事高手的培训工作。他在《讲故事：商战取胜之道》（*Story Theater Method : Strategic Storytelling in Business*）一书中写道："对听众产生最持久影响的演讲者与故事高手均有一个共同特点：他们眼光独到，能够深入挖掘出深刻的道理。"

很多人认为，对看似毫无意义的事件进行深入探究并没有多大价值，因此对一些不愉快事件进行反复剖析的人就更少了。我不想责备我的同事没有深入探究为何她在上课时有学员在看小说，更不用说剖析其深层含义。也许她最好忽略那件事，就当作发生的事件同她毫无关系。这是保护自己的最佳方式。她有可能将发生的事件视为应该抛之脑后的陈年旧事，因为在记忆中那都是无足轻重的小事。我之所以知道书中提及的那件往事，只是因为她亲自对我说过。她对我提起那件事，只是因为她还记得那件事。因为我们更有可能记住对自己产生影响的事件，所以那位学员上课看小说的行为所产生的影响，比我的同事意识到的还要严重。你不可能对那些真正无足轻重的小事记忆犹新，并经常将其讲给别人听。

　　应该抛之脑后的事件我们反倒记住了，这说明其重要性超出我们的想象。我们为何对某些刺激因素会产生那样的反应，其奥秘可能就潜藏在这些刺激因素当中。故事高手一心想在过去的经历中寻找各种变化及其原因，但是要想明白过于深究毫无意义，还需要时间，需要一定的生活经历。如果对错综复杂的往事过于深究，看不到其中的种种联系，此时的收获就会逐渐减少。因此大多数情况下，讲故事时要把自己的意图同故事内容直接联系起来。尽管可用各种方法阐释事件，但事件仍然是真实的，可以亲眼看见，可以记录下来并加以证实。因此，建立寻找各种事件的准则比较容易，可用于不同的故事背景。然而变化却不易把握，因为它可能不是真实的。假如除了促成变化的人以外任何人均难以亲眼看见变化，那就几乎不可能得到验证，也难以为此运用具体策略或准则。我只知道一种方法：实事求是。

开启封闭已久的记忆

你是先考虑变化，再寻找与其相符的故事，还是先寻找故事，再寻找这个故事引起的变化？答案是两者都有。不要让事件变得难上加难。如果数年前发生的事件你至今记忆犹新，那么它也许饱含着某种意义。有意义的事件往往对我们的生活产生持续影响，从而引起行为变化或认识变化。但是只有当你愿意看到自己在那次事件前后的真实面貌后，你才能认识到这一点。只有当你愿意谈论它时，你才能将内心的故事高手才能发挥出来。

我们往往将抛之脑后的故事装在"罐子"里，封闭在记忆深处。我们常常忘记这些故事，但是我们能感觉到它们的重要性，明显意识到它们所占据的记忆空间。随着看似无足轻重的往事逐渐变得有用起来，记忆里那些已经腐蚀的"罐子"更难拧开。你必须用力敲打外盖才能接触到里面的内容。为了取代常用准则，努力揭示一件事如何改变你的真实情况，我建议你这样做：用问题"敲打"记忆之罐的外盖，直到它打开为止。

以晚上发送电子邮件那个故事为例，下面是一些我用来触发思考的问题：

- 我和经理讨论完后,我对自己的行为怎么看?
- 那与我以前的看法有何不同?
- 变化是否与我的个性不符?我感到惊讶吗?
- 我在讨论前后的看法体现出我作为一名管理者有何特点?体现出我作为一个普通人有何特点?
- 变化对我有利吗?对别人有利吗?

每个问题均使你更加接近记忆之罐里面的内容:这些故事的核心内容是什么?对于我和其他人来说,核心内容揭示出哪些真相?换句话说,如果你在寻找故事,应该实事求是。

实事求是找到故事

本书不是讲述我的故事,我只用它们来说明我是怎样将那些对我的生活与事业产生影响的事件变成了促进工具。你可能想知道怎样能够从你的生活中找到有趣实用的故事。如果你是一位事业刚起步的年轻专业人员,而且不认为你的故事能够为一个比你大 10 岁的人提供任何有益见解,那该怎么办?如果你很快就要退休,认为自己以前的那些经验同当今的专业人员无关,那该怎么办?如果你认为自己的事业与生活很平淡,因此你的故事也乏味,那该怎么办?虽然这些问题没有很好的答案,但我建议你实事求是,这样总会找到合适的故事。

在学习写作的过程中,我们经常谈论大写的真理与小写的真理。其具体含义是:大写的真理客观真实,比如天是蓝的,草是绿的;小写的真理对你成立,因为你经历过,但是这种真理具有主观性,因此对别人来说不一定成立。小写的真理不仅仅是观点。观点就是看法或判断,未必建立在事实或知识基础上。小写的真理是你经历过的实际经验,最终会受到你本人世界观的影响。最好的故事应该在大写的真理与小写的真理之间取得平衡。现在,你会在哪里找到这样的故事?

故事的来源

你所有的故事来源于如下两个源头之一:事件或关系(史蒂文森)。韦德·杰克逊的《故事的功用》一书中,划分出四个故事来源:你的职业生涯,你生活中的人物,你生活中的事件,以及你的价值观,并列出了开启封闭已久的记忆需要注意的一些问题。我在这里对它们进行了总结,并附上我的建议。

反思你的职业生涯

你最喜欢的经历与最不喜欢的经历,你犯的错误与从中吸取的教训，你主要的职业成就，谁帮助或损害了你的职业生涯，你的主要转折点及其影响。

反思你生活中的人物

在你一生中对你有积极影响的人物（例如，老师、朋友、同事、经理、导师和学员），你钦佩的人物与原因，触动你情感的人物（如爱、嫉妒、仇恨和恐惧），以及教你认识自己的人物。

反思你生活中的事件

当你克服巨大困难的时候，你最自豪的成就，触发幸福感或恐惧感的事件（或两者兼而有之），你去过的地方，童年记忆以及你从中吸取的教训，在追求业余爱好或其他兴趣时的难忘事件。

反思你的价值观

你的价值观得到强化或被迫妥协的时候，你领受极大善意（或传播极大善意）的时候，你学会信任（或不信任）的时候，你对自己所做的或没有做的事件感到内疚的时候。

有一种找到故事的方法是确定故事描述的变化的起源。

这种起源故事的经典模式是超级英雄叙事,它以转变为关键,并与你正在寻找的故事有相同作用。起源故事为故事选择提供了指导,因为它们讲述了你如何成为今天的自己这一传奇故事。我们都是由自己的经历塑造的。我们的故事(和伤疤)证明我们不仅取得了胜利,而且从中学习和成长。只是不要忘记在客观真理和主观真理之间取得平衡。

总结:故事要素回顾

故事有两个关键组成部分:事件与变化。首先确定故事的寓意重点,然后再确定使之成立的关键事件。也许关键事件是同某人见面,此人最终导致你经历了改变生活的启示过程。在这种情况下,启示就是故事的寓意重点。确定关键事件之后,用时间线来充实你的故事,确定引起关键事件的事件以及由关键事件引发的其他事件。

时间线安排有助于你寻找各种事件,鼓励你质疑自己所记得的内容,深入思考每一个情节如何引发下一个情节。为时间线选择事件,并确定事件之间的相互联系。换句话说,只留下彼此之间有因果关系的事件。确定彼此有关联的事件,以及理清它们最终如何引发了启示或变化,这是将普通事件转化为故事的第一步,也许有助于加快你所寻找的故事类型的步伐。

2.
释放故事的力量

在那些天气突然变化,或者阳光与阴凉似乎处在两个不同季节的日子里,我经常想起伊索寓言《风与太阳》。在这篇寓言中,风与太阳争论谁更强大。它们决定,谁能让附近的行人脱下外套,谁就是强者,看看究竟是风力能办得到,还是太阳的稳定光照能办得到。当大风刮起时,行人纷纷把外套裹紧,而太阳洒下的温暖阳光却使行人脱下了外套。最终结果是太阳获胜!这篇故事的寓意是:"温和友善胜过狂力强暴。"

伊索寓言是有意影响行为的故事的鲜明实例。童话也是道德故事,目的是影响人的行为和认识。虽然许多童话故事来历不明,有的童话故事随着时间推移在处理方法与思想内容上有所缓和,但它们仍然具有相同的功能——将思想内容"裹在一层香甜外衣"中。这样更容易入口下咽。

通过讲故事来影响人是一种常用方法。管理人员与商界老手经常讲述他们的个人经历，以及一路走来他们好不容易获得的经验教训。故事是建立企业文化与明确价值观不可或缺的工具。然而，尽管故事具有很大影响力，源远流长，但在企业学习中故事仍然没有充分发挥其培训作用。我很乐意提出这样的主张，因为我看到了，或者更确切地说，还没有看到其中的端倪。在我亲自参加的培训班与在线培训课程中，许多培训师几乎不费吹灰之力将他们的个人经验与课程内容联系起来。当我每年在几家不同的公司重新设计培训师课程并对其进行观察时，我发现共同分享的故事当中同实际应用有关的并不多见。

我知道，如果培训师在讲授课程内容时没有相应的实际工作经验，他们就不会有可与学员们分享的故事。我还知道另一些人根本不想通过讲故事来促进教学，因为他们认为这是浪费时间。毕竟，我们经常同擅长分析的人一起工作，他们只有几个小时的空闲时间，他们只是想知道应该怎么做。

无论你欣赏讲故事的魅力，还是对故事在工具箱中的位置持矛盾态度，都很难否认它在增强记忆和学习方面的有效性。安德鲁·阿贝拉（Andrew Abela）在《高级 PPT 设计演示：创造督促行动的交流过程》（*Advanced Presentations by*

Design: Creating Communication That Drives Action)一书中，将故事同记忆和学习联系在一起：

> 故事是我们思考、学习与理解周围世界的基础。讲故事活动一直存在于人类历史的每个时代，存在于每一种文明与文化当中。故事有助于理解和记忆，儿童和成人的大部分知识都是通过故事形式获得的。故事有如此强大的影响的一个重要原因是：通过故事传递的信息更加令人难忘。将不同信息联系在一起可以加强记忆，而故事则以多种方式将信息联系在一起。此外，故事也能激发情感，这也有助于记忆。

本章概述讲故事有助于促进学习与绩效的各种方式。培训只能影响知识（K）、技能（S）或态度（A）——所有这些均会影响绩效。我们将重点阐述讲故事会如何激励每个人行动起来。

讲故事传授知识

"知道"是什么意思？我们通常认为学习知识是一个使能目标，而不是一个最终目标，因为我们无法观察知识。知识被融入我们希望学员实现的学习目标中。其假设是：只有

"知道"相关支持事实,才能表现得合乎要求。

然而,我们观察运用知识的人可以"看到",人们之所以理解一个概念,是因为他们可以描述、解释或识别它。通常,这种基本能力是我们所需要的,或者是我们所希望掌握的。我们不能强迫人们公平地管理他们的团队,但是我们可以评估人们是否知道他们的组织如何解释"公平"的含义,是否知道不服从意味着什么。在《促进有效学习:七个睿智教学原则》(How Learning Works: Seven Reseach-Based Principles for Smart Teaching)一书中,安布罗斯(Ambrose)等人写道:"学习者组织知识的方式影响着他们学习知识、应用已掌握的知识。"我们在探索讲故事与学习知识的过程中,将关注有助于学习者运用知识的3种策略:组织方式、上下文语境与模式。

组织方式:先后顺序与结构选择

有效组织内容是我在教学设计工作中的重点环节之一。我把课程内容灵活调配,并尝试对其进行结构化处理,以获得最佳效果。是先讲解整个任务(或最终结果),然后将其分解为各个部分,还是在完成整个任务时再讲授各个部分?这取决于课程内容、学习情况以及学员当前掌握的知识。如果整个任务要按着一组固定步骤来完成,那么最好先关注各个部分;如果整个任务是战略性的,学员有各种途径可以选择,那么首先了解最终目标也许至关重要。

内容组织策略也可用于促进建立横向联系。重要的是帮助学员在他们已经了解的某个主题知识与新内容之间融会贯通,建立联系。假设你正在为一些管理人员讲授有关指导策略的课程,你可能希望通过比较管理职责与指导工作,或是解释它们如何互补来建立它们之间的内在联系。

故事是一种内容组织工具。我曾经教过一门课程,在开课时以讲故事的形式提出了一个问题。学员参与讨论之后,他们很快就想知道答案。然而,答案是发生的"变化",只有继续讨论,他们才能理解。在整个过程中,我们重新审视了这个故事。每一次学员都能用他们刚刚学到的知识来扮演主人公的角色。这种模式一直持续到课程结束,那时他们已经能够找到自己的答案。因为内容和故事是以反映现实生活的方式组织起来的,所以故事和内容一起促进了知识迁移过程。

上下文语境:丰富故事的意义

几年前,当我还是一个培训部门员工时,我惊讶地发现有许多人会在开课前5分钟跑到培训中心的接待员那里,气喘吁吁地问他们应该上哪门课。他们问的不是课堂位置，而是课程本身。他们的经理只告诉他们那天早上8点30分去参加培训。这是在我们建立学习管理系统之前的事件，所以，接待员要么大声说出班级名称，看看是否有人按了上课铃，要么仔细搜索大量的电子表格，直到她找到学生的名字与相应班级为止。

在这些情况下，真正遇见挑战的人是培训师，他必须教导一个不知道为何要参加学习班的学员。你在一整天的培训授课工作中，几乎可以看到你说的话越过学员头顶，从来没有让他们完全听进去。我认为，使授课内容贴切相关并不仅仅是培训师的负担，但是当学员对你所讲内容的上下文语境缺乏相应的理解时，就有责任重点突出授课内容。理解语境很重要，因为学员需要知道课程内容如何适应他们的工作生活。《促进有效学习：七个睿智教学原则》中认为："不要以为学生学会了一项技能后便自然知道在何处或何时应用它。明确解释特定技能是否适用于特定环境，这一点非常重要。"

讲故事对理解依靠上下文语境的理论很有效。假设你正在讲授沟通技巧课程，讨论的内容是认清运用信息的目的性。学员要在具体交流之前考虑信息内容的实用性，但这涉及理解信息的上下文语境——你要将信息传递给谁，何时传递，事先已经掌握了什么信息，等等。培训师可将交流意图背后的想法说出来，利用不同的上下文语境因素讲故事，然后让学员根据上下文语境重复应用关键原则，并得出不同结果。

模式：识别模式

我曾经在一所社区大学教过一门管理课程。我的学员都是原单位主管，他们乐于分享自己从经验中学到的知识。其中一个学员经常关注可能出现的最坏情况，如果我说给予反馈是表达期望的最佳方式，她会说："没错，但他们不会的。"如果我说鼓励内在动机有助于员工在你暂时离开时也专心工作，她会说："如果你不盯着，他们就不会这样做。"

有一次我问她，员工是否知道她对他们的工作努力程度怀有那些想法。她说他们都知道，因为她一直这样对他们说。在提供这些反馈意见后，他们很快就会按着她预想的那样做。她是对的！很明显，她没有看出这样的互动模式：因为提醒员工他们的工作做得不好，结果经常会使他们的工作做得不好。因此，我给学员们讲述了我在高中时的工作经历：

读高中的时候，我在密歇根州高地公园的一家快餐店工作。这是我的第一份工作。副经理态度强硬蛮横，令人生畏。在她看来，我是个势利小人，认为自己很优秀不该在那里工作。

她总是盯着我，使我对每一个举动都要猜测一番。她让我做普通收银工作，但从不让我做免下车供餐收银工作——只有最优秀、最聪明的人才能干那种工作。我整天打电话接受两件式晚餐订单，然后通过防弹玻璃门将它们传递给大厅里的顾客，出纳和顾客彼此协调好才能打开防弹玻璃门。副经理一直警告我不要搞砸了。结果，我真的搞砸了。在她告诉我不要做错事之前，我甚至不会想到做错事。我忍受了她一年，然后上了大学。

读大一后的那年夏天，我回到餐厅工作了几周时间。在第一周里，免下车供餐收银员生病了。副经理别无选择，她让我顶上去。我很紧张，但是经理似乎太疲累了，无法像以前那样总是在我身边出没。

过了几天，我就掌握了免下车服务供餐的窍门。然后，我就干得更熟练了，最后达到了完美的程度。

我在那里的打工时间快结束时，副经理说出了下面这句话，就像一部描写后来者居上的体育电影里的陈词滥调一样："在你身上发生了什么事？"我知道，她这样说的意思就是"干得好"。

我讲这个故事是为了向我的学员说明一个行为模式（但

这是从员工的角度来看的）：我的经理一直不信任我，让我也怀疑起自己来。这是一个反复出现的触发—响应模式。我不相信一年的大学生活有助于我成为一个更称职的免下车供餐收银员，但我确实收获了信心，对自己的能力有了更清楚的认识。我不再那么害怕副经理，而且魔咒也被打破了。故事有助于学员看到行为规律，在这种情况下，它是受因果关系影响的最简单的行为模式之一。

讲故事传授技能

学习都有相同的目的，即促进知识的汲取，使学员能够利用它来展示技能。我们希望学员迅速从理论学习转向实际应用。然而，无论故事多么真实，都是假设性的，即便是故事讲述者亲自经历了这种情况，学员们也可能永远不会遇到同样的情况，结果也不会一样。那么，当故事本质上是关于可能结果的理论时，讲故事如何促进学习实践技能呢？在本节中，我们将讨论三种有助于学员获取技能的方法：演示、实践与反馈。

演示：展示与讲述

在职业生涯刚开始时，我曾经讲授过软件运用课程。当时我认为，我的工作只是教学员如何使用软件，但事实上我所做的只是向他们解释屏幕，涉及每个按钮和菜单项。这就是我现在所说的"Z"模式，从左上角开始，向右移动，覆盖所有图标和菜单项，然后向下移动屏幕到中间，覆盖主界面，最后，再次从左到右覆盖底部状态栏上的任何内容。

后来我意识到，我的工作不是教人们如何使用软件，而是教他们如何使用软件来完成他们的工作。显然"Z"模式并不能实现这一点，但是在故事的上下文语境中演示任务可以有所帮助。

我现在仍然教授软件课程，但我发现教授我个人使用过的软件更加开心，因为它可使我讲述相关的故事。例如，当我教新的电子学习软件开发人员如何使用这些工具来设计和发布模块时，很容易过于关注软件的特性，而忽略了每个模块的实际使用情况。如果你不小心的话，可能会花上一天的时间喋喋不休地说一堆"你可以做这个或做那个"的话。虽然你的学员结业时会熟悉一系列单独的操作功能，但却无法完成任何一项完整的任务。

我通过故事来促进软件演示效果，用于完成特定任务的软件就是推动故事情节发展的"变化"动力。现在，我们在上课时首先不是学习如何制作 PPT，而是通过讲故事揭示哪些因素触发了对幻灯片的需求，讲清楚学习创建与管理母版幻灯片才是解决问题的方法。

实践：让学员掌握大方向

在任何课程中，学员的水平都可能参差不齐，你讲的任何故事都不会引起每个人的共鸣。我曾在几个不同的环境中工作过，但当我教授学习与发展课程时，我的同事和学员对我讲了他们面临的各种技术限制，这仍然让我吃惊。鉴于他们所掌握的技术局限性，我分享的一些经验根本不适用。

每当我的经历同学员的经历存在着明显差异时，我都会谨记，通过讲故事来促进学习并不仅仅意味着分享老师的故事，也要鼓励学员讲述他们自己的故事。在开始教授一项任务之前，让学员停下来思考一个实际问题，并告诉他们你所教授的技能可以解决这个问题。鼓励他们抛开你提供的一般示例，而通过自己的经验给予具体说明。当他们试图理解整个过程中的每个环节时，要求他们把自己的故事形象地讲出来。

反馈：让它融入故事当中

学员在练习各项技能时，给予反馈是必要的。这是我在讲故事时最喜欢使用的方法之一。一想到反馈，我们通常认为它是某个事件的结束——学员完成一项任务后，培训师提供反馈意见，于是他们全都继续前进。然而，在以讲故事促进交流的过程中，没有正确的答案，只有选择的后果，这也是故事的一部分内容。如果只留在这一步，不鼓励学员在选择运用或实际上正在运用一项技能时进一步探索他们必须做出的选择，那就是错失良机。

让我们再举一个指导示例。假如你有一个包含四个步骤的指导模式，其中一个步骤就是诚恳地谈论指导人员所观察到的被指导者的行为。这一模型为你提供了指导讨论的循序渐进策略，你可以和学员一起参与讨论。假设这样做有效，而且讨论可以顺利进行，则你所教的技巧是运用策略，而不一定是教管理人员如何与真正有问题的人开展实际对话。你可以采取这样的弥补措施：将其置于故事的背景中，然后按着现实生活中的情形将令人惊奇之处讲出来。

我问学员："第二个步骤是什么？"

他们认真地重复道："诚恳地谈一谈你观察到的那些行为。"

我没有接着往下说，而是问："如果学员拒绝你的坦诚态度，那会怎么样？"

学员们要么惊讶地抬头看着我，认为我偏离了话题，要么低下头去，以免被叫出来。

有位主动发言的学员说："你不能让它带有个人色彩。

你要谈一谈你观察到的现象。他们不能有争议。"

我说:"好的。我是你的学员,我确实有不同看法。你不是每天都能见到我。你只能猜测我的行为。"

那位学员紧张地咧嘴一笑,想知道我还要说什么。我并没有对视一笑。我成了他的受训学员,他需要为这场不断升级的对抗采取措施。谈话的模式就写在他面前的练习册上,但是他没有用。

另一位学员看着谈话模式说明咕哝着回答道:"如果你遇到阻力……"

"会怎么样?"我问道。

她继续读着:"如果你遇到了阻力,应该让学员明白他们不同意什么、为何会这样,让他们也有一些控制权。"

若我现在只是简单地将谈话模式的那一部分忽略掉,我们永远不会知道,运用它并不像看起来那么容易。因此要利用反馈来增强你的故事效果,使学员完全理解他们打算运用的各项技能。

讲故事表明态度

我设计讲授的课程常常以改变学员的态度为目标。我一直不愿意说我设计或授课的任何培训能够改变别人的思维方式。

当然，我已经拓宽了一两个视角，但是我却几乎无法改变自己的思维方式，更不用说改变别人的思维方式。

我们知道，由培训师执导的研讨会可支持更大的行动方案。然而，培训本身往往不是一个单独的解决方案。态度是否会发生变化，取决于无数因素，例如学员当前的性格、高层管理支持与工作环境。此外，与知识被视为融入了技能相似，态度也被视为融入了技能。除非有一个基本的信仰体系，否则有些技能是无法掌握的。变革管理就是一个实例。有些人认为，当变化来临时，你只需接受它，没必要开展手把手地指导。其他人，尤其是那些在容易被收购的行业（银行业、电信业等）工作的人，从经验中了解到，不加以管理的变革可能会导致员工效率低下和心生不满，甚至可能导致大量人员外流。如果你不相信变革能够并且应该得到管理，那就很难掌控变革管理。

在设计与讲授需要改变态度的课程内容上，我采用的方法是重点关注某些观点如何影响技能的发挥方式。从根本上讲，如果你执行的某项任务是以你不信奉的思想意识为基础的，那么你很难做好它。正是在这方面，故事的促进作用非常突出，因为故事可以激发同情理解的态度，这通常是改变观点的关键。我不运用策略，而是通过警示性的故事与个人感言来促进态度的改变。这两者均有助于拓宽或聚焦视角，有助于获得你所期望的结果。

警示故事：小心所有闯到这里的人

警示性故事警告听众，不要在受到威胁时干一些不该干的事，因为这不会有好结果。我成长于20世纪七八十年代，那时人们一直处于高度警觉状态。学校大屏幕上播放着吸毒猖獗的画面，电视剧《ABC课后特辑》（*ABC Afterschool Specials*）[3]让你不敢出门或待在家里，还有你最喜欢的电视剧中那几集非同一般的拙劣内容：几个新人不知从哪里冒了出来，唯一的目的是能够上演通过审查的悲剧。

警示故事的关键是以情动人、影响行为。这些故事引起的恐惧或同情理解可能会使观众重新审视他们的价值观，或者改变他们。警示故事也能使听众思考他们最初没有考虑的结果。你并不是在强调如果学员以某种方式执行任务，肯定会出现特定结果，而是在强调应该在合理范围内尽可能多

3.《ABC课后特辑》：是1972年10月14日至1997年7月1日在美国广播公司播出的一部美国电视选集，通常在工作日的下午播出。大多数剧集都是儿童和青少年感兴趣的戏剧性场景，经常引起争议。

考虑一些结果,这是上策。

另一方面,警示故事也可视为具有悲观色彩与破坏作用。例如,有位学员解释了一种处理情况的方法,结果培训师突然插话:"在我工作的一家公司,我们曾按照你的建议做过——我们减少了每班的员工数量,随后抢劫案数量立即上升。我们意识到,这会让员工处于一种危险的境地,他们在自己的工作地点很容易遭到抢劫,地方太大,为数不多的员工意识不到周围环境的特点。"没有一个管理人员愿意听到这话,特别是在他们已经采取了相同行动之后。同许多策略一样,警示故事如果运用得当,可能成为很好的学习工具。不要以为学员了解你的意图。

个人故事:我们能谈谈吗

我曾经参加过一个培训师培训班,培训教师问我们在上课时是否讲过个人故事。我原以为我们上课时都会讲个人故事。但是我很快注意到,我是在场唯一一个点头的人。其他学员似乎一致认为,个人故事在培训中没有立足之地。但是,培训师告诉我们,学员希望听到我们的故事。他们在那里既要学习课程内容,也要学习我们的经验。

"个人"一词是这种脱节的根源。是什么让故事带有个人色彩？我们的课堂讨论使我有机会思考自己对这个词的理解。我想首先想到的是，个人故事讲的是个人生活中的事，例如同家人在海滩游玩，或者在家里时的情形。的确，我参加过一些培训班，培训师讲了一些不相干的离奇故事，有时还讲了一些不适宜的故事，让我抓耳挠腮。如果这样理解"个人"的含义，那么我同意。虽然我觉得这一切都是明摆着的，但我还是看到了屡次处理不当的情况。然而，这里的错误并不在于运用了个人故事，而在于运用了错误判断。

在专业背景下，"个人"故事只包括故事讲述者个人经历的相关事件，使学员增长见识，掌握有关背景知识。现实生活很少像课程轮廓一样鲜明。描述与主题相关的个人经历的故事，最适合于促进态度转变。情感和意识形态会让现实生活变得混乱，那么在促进态度转变上，还有什么比利用现实生活更好的方法呢？

总结：以讲故事促进交流的 3 个基本要素

任何教学策略的目的都是为了促进学习，提高能力。本章通过剖析培训可以影响知识、技能与态度这 3 个能力要素，探讨了如何通过讲故事达到上述目的。

讲故事有助于学员吸收新知识，具体途径是提供组织故事内容的框架，将内容置于上下文语境中，说明故事的展开模式。在学员运用所掌握的技能的过程中，故事可以增强演示、练习与反馈的效果。故事的选择中还可以通过警示故事和个人故事影响学员的态度。

3.
塑造你的故事

假设你是一名经验丰富的呼叫中心专业人员,负责讲授客户服务课程。你正讲到"管理客户期望"这一部分内容,想讲述一个当年你在前台接电话时发生的故事。你讲述的故事包含六个事件:

1. 客户在收到有缺陷的物品后来电投诉。
2. 客户无法为你提供查找订单所需的信息。
3. 客户很生气,开始冲你大喊大叫。
4. 你变得很沮丧,也冲客户大喊大叫。
5. 电话冲突升级,要求你与经理会面。
6. 你的经理指导你制订策略,避免将来出现类似情况。

如果你按时间顺序讲这个故事,听众可能会分心,想知道故事的走向，但这会增加悬念。如果你从故事的中间讲起，并问道："你有没有对一位客户很失望，让你喊大叫？"听众知道该期待什么，但是提前获得这些信息可能会降低故事的影响力。也许你可以从故事结尾讲起："如果你曾经遇到想对顾客大喊大叫的情况，我有一些可以奏效的办法。让我告诉你我是如何了解他们的。"学员知道该听什么，但根据你讲故事的方式，他们可能会很难区分实际发生的事件和你领悟的道理。或者，如果你删除各种事件呢？若你没有提到第一件事件——这个问题是公司的错吗？这会如何改变故事呢？

保证故事有效性的秘密在于其结构。结构决定着如何将故事的内容讲述给听众，因此也会影响到听众如何理解故事的内容与意图。故事的结构包括两个部分：框架以及框架所包含的内容。每一部分均有其价值，并且相得益彰。首先讨论结构很重要，因为它会影响你选择的故事。

本书第一部分的最后这一章着重阐述故事框架，而剖析内容则是第二部分的探讨重点。首先，我将讨论两个常见的故事结构，使你更清楚地了解故事结构是如何发挥作用的。然后，我将描述我自己运用的是什么结构。我不主张运用特定模式，因为你所运用的结构取决于你的个人爱好与意图。

故事结构模式通常分为两类：食谱型模式与积木型模式。

食谱型模式解释的是一个好故事包括哪些内容，它们规定了应该添加什么，以及应该是何品味，就像食谱一样，每种配料成分都会影响整个食物的味道。积木型模式的重点在结构，即按特定顺序排列故事要素，但故事内容由你来定。

食谱型模式：英雄之旅

经典的叙事手法倾向于把人物划分为英雄或恶棍。尽管故事已经发展到允许刻画更复杂的原型，比如反英雄，许多故事书与电影仍然将善恶之间永无止境的较量作为故事框架。英雄扭转乾坤的每一个故事都是建立在另一个英雄故事基础上的。作家和哲学家在很久以前就发现，这些转变过程（其范式可追溯到神话那里）曾经有过非常相似的描述方式。这一理论在约瑟夫·坎贝尔（Joseph Campbell）所著的《千面英雄》（The Hero with a Thousand Faces）一书中得到了普及。坎贝尔描述了他所说的单一神话，这种神话被定义为"一种普遍模式，体现出每一种文化中英雄故事的本质与共同点"。

单一神话，也称为英雄之旅，从根本上说人物发展轨迹，是所有人物在整个叙事过程中经历的转变。这也充分诠释了食谱型模式的特点。采用12步模式结构的故事特点是表现主人公（或英雄）的转变，或受其影响。其中每一步都描述了主人公从当前的身份到成为英雄的过程中经历了什么，类似于第1章中的时间线设置练习，因为它指出了导致变化的一系列关键事件。

英雄之旅的结构如下：

第1步：平凡的世界。

体现出主人公现在的生活。与英雄即将进入的特殊世界形成鲜明对比。一个很好的实例就是《绿野仙踪》（*The Wizard of Oz*），因为故事从多萝西（Dorothy）在堪萨斯州的生活讲起。

第2步：响应冒险。

英雄遇到了必须面对的问题或挑战。接受召唤后，英雄再也不能安逸地待在平凡的世界里了。这是故事书与电影里的重要情节转折点——侦探接到一个新案件，罪犯要孤注一掷，躲避追捕，就如《星球大战》（*Star Wars*）中的卢克·天行者（Luke Skywalker）看到了莱娅（Leia）公主的情况。

第3步：拒绝召唤。

英雄不愿意跨过门槛响应召唤，需要一些其他的影响——也许是一个人或一件事来鼓励他们接受挑战，就像欧比·旺·克诺比（Obi Wan Kenobi）对卢克·天行者提出的要求在最初被卢克拒绝一样。

第4步：与导师会面。

导师帮助英雄做好迎接挑战的准备。导师对英雄进行鼓励、教诲与指导，但最终英雄必须独自面对挑战。《绿野仙踪》里的善良女巫格林达（Glinda）与《功夫梦》（*The Karate Kid*）中的宫城（Miyagi）先生都是这样的导师。

第5步：跨过门槛。

英雄跨越门槛，从平凡的世界闯入到等待着他冒险的特殊世界，故事中的行动从此开始。就如在《绿野仙踪》的故事中，多萝西沿着黄砖路向奥兹国走去。

第6步：考验、盟友与敌人。

英雄跨过门槛后，屡次受到考验，途中遇到盟友和敌人。多萝西在盟友稻草人、铁皮人与狮子的陪同下一路前行，又被敌方飞猴追赶。在这个阶段，我们看到故事角色在学习、成长，并开始做出为成功克服今后主要挑战所需的各种改变。

第7步：接近最深处的洞穴。

英雄进入一个危险的地方，通常是敌人的巢穴。在这里，他们机智地越过守卫和陷阱，直接面对最大的恐惧（或敌人），就像卢克与达斯·维德（Darth Vader）之间的格斗那样。

第 8 步：关键考验。

英雄与敌人相遇，战斗开始。此处的重点是英雄死了，或者看起来死了，这样他们就可以重生。"没有出路了。哦，看！这就是一条出路。"这种情节每部动作片中都有。在电影《黑客帝国》（*The Matrix*）中，黑客尼奥（Neo）决定回到"矩阵"计算机人工智能系统去拯救墨菲斯（Morpheus）。

第 9 步：奖励。

英雄在死亡中幸存下来，并因自身的努力而得到实际的或象征性的奖励。有时候奖励是一把魔剑，或者只是从经验中获得的知识。通常，人们因此而看到英雄的伟大，这让英雄在平凡的世界里重新受到敬仰，如《绿野仙踪》中多萝西和朋友们一直认为已经丢掉了的知识，其实一直都保存在自己的头脑中。

第 10 步：返程。

返程是征服关键磨难的结果。英雄可能被敌人追杀，后者一心要拿到悬赏。英雄决定此时返回平凡的世界，就像在电影《大白鲨》（*Jaws*）中，两名陷身危险水域的幸存者奋力向安全地带游去。

第 11 步：复活。

英雄再次受到挑战，我们最终看到他们的变化有多大。

只有让英雄面对最后一个挑战，我们才能知道他们是否从严峻的考验中有所收获。在《黑客帝国》中，已被特工史密斯（Smith）杀死的尼奥，在崔尼蒂（Trinity）宣布爱他后，便复活了。

第12步：带着灵丹妙药回来。

除非英雄带回一些象征物、灵丹妙药或宝藏，否则英雄的旅程毫无意义。经验促进的往往只是变化，或是变化的象征。

这个模式很适合电影，更不用说一分钟的故事了！然而，这无疑是一个成功的模式，并已经在电影与故事书中得到了运用。虽然这种模式可能最适合小说，但也可以为你的个人故事，尤其是那些描述即将到来的逆境故事提供结构框架。我承认这可能具有挑战性，但是这个结构框架可增强任何故事的效果。

下面是一个便于对照操控的简化版清单。作为一个挑战，考虑一个你经常讲述的克服问题的故事，看看它是否适合这个修改版的结构模式：

1. 平凡的世界（经历严峻考验前的世界面貌）。
2. 响应冒险（是什么促使人们需要面对严峻考验）。

3. 拒绝召唤（英雄拒绝面对严峻磨难）。

4. 跨过门槛（接受采取行动的召唤，没有回头路）。

5. 考验（英雄在面对严峻考验的过程中经历的挑战）。

6. 接近最深处的洞穴（挑战之后，是决战之旅）。

7. 关键考验（决战）。

8. 奖励（英雄从旅途中学到的东西）。

9. 带着灵丹妙药归来（英雄是如何改变的）。

英雄之旅的关键是讲述普通人想要什么，故事主人公必须经历各种考验才能达到目的。他们为什么想要它，如何得到它，这就是故事的内容。艰难历程在现代故事中扮演着如此重要的角色，部分原因在于变化是艰难历程中的一个基本要素，故事中的人物必须经历变化才能实现自己的心愿，即使只是为了生存。它也反映了我们在现实生活中经常面对的艰难历程。

积木型模式：故事支柱

与食谱型模式一样，积木型模式提供了一个按特定顺序发展的故事结构，但对每个要素的形式没有严格规定。常见的积木型模式是故事支柱，被视为构建真实故事的一种实用方法。

故事支柱模式的结构如下：

- 从前……
- 每天……
- 但是，有一天……
- 因此……
- 因此……
- 最后，直到……
- 从那时起……

故事支柱提供了结构框架，但并没有说明每个模块应该包含哪种类型的故事内容。然而，大多数模式都遵循一种类似于英雄之旅的模式：故事在平凡的世界里开始，随后一切都改变了，最后在一个新的世界里结束。

每行开头的词语都是提示词，通常不在故事本身中使用。而在以下列举的故事当中，我使用了上述提示词：

- 从前……（我是一名技术支持代表，在一个团队中工作，有大约10名同事。）
- 每天……（我们一起吃午饭，经常在下班后和周末出去玩。）

- 但是，有一天……（我们的经理升职了，他的职位空缺着。每个人都想申请这个职位，但我们不敢随便议论，因为害怕竞争会破坏我们的关系。我提出了申请，得到了这份工作。）

- 因此……（我觉得大家都对我很反感。我比较忙，所以不能出去玩，但他们也没有邀请我就去聚会了。他们在办公室里对我仍然很好，但是距离拉开了，这开始影响到我的工作。）

- 因此……（我的经理批评我过于在意人们是否喜欢我，而没有关注呼叫中心的电话号码。他告诉我是他提升了我，因为我已经是一个领导者了，我需要找回我失去的东西。）

- 最后，直到……（我决定正面解决我的不安全感问题。我同团队成员见了面。他们对我说，他们认为我变了。我对他们说，我认为他们变了。我们在一起讨论了我们的分歧，重新确立了我们的期望。）

- 从那时起……（我对自己的管理工作比较满意。我们都意识到我们的友谊并没有消失，它只是在不断发展变化。）

故事支柱结构强化了这样一个观点：在一个好故事中，总会发生一些事件。事件的发生推动了故事的发展，并且每个事件均承接着前一个事件。这个模式鼓励讲故事的人讲述一些最后导致的事件。其基本形式并不是"发生了这件事"、也"发生了那件事",而是"这件事的发生"导致"发生了那件事",等等。有一种节奏、一种动力推动故事向前发展,不断吸引着听众。

ICAP 模式：自发使用

所有的故事均有一个结构,问题是你所采用的结构是否符合你的意图。我在给学员授课时讲述的许多故事没有经过策划。所以,对我来说,给故事配上适宜的结构框架是一个挑战。我可以准备几周时间,但是一旦我站在人们面前,我唯一的目标就是记住故事情节的下一部分内容而不可能是记住我的故事应该分成 9 个部分。我建议,你在借鉴那些经得起时间考验、能激发灵感的模式同时,也评估一下你自己的需求。

我采用的任何结构模式都应该简单得可以自发使用。我现在采用的结构模式是我自己创立的,而且同这里介绍的其他模式一样,也受到以前各种模式的影响。它包括四个要素:意图（intention）、上下文语境（context）、行动（action）和寓意（point）,故称为 ICAP 模式。

意图：我想让这个故事发挥什么作用

意图是首要考虑因素，因为它影响着整个故事。它回答了这样一个问题："我想让这个故事发挥什么作用？"其作用像是一个触发器。发生的事件提醒我，需要用故事来实现特定目的。触发因素可以预先策划好并融入故事内容当中，或者来自学员的评论以及其他交流活动。

例如，我在第1节的故事里讲到，我的经理建议我晚上不要再向直接下属发送电子邮件，因为他们可能认为我希望在当天晚上得到回复。这个故事是我的常用故事贮备中的一部分，因为它简短明了，可用来揭示意外后果，也可用作管理人员引导团队树新风的实例。假如我在为新的管理人员授课，我们要从上述行为中选出一种进行讨论，我可能会计划利用这个故事，或者它可能会突然出现在我的脑海中。此外，我还能选择从哪个角度讲这个故事。我既可以从员工的角度讲故事以增强同情理解，也可以从经理的角度来讲故事，让学员形象地了解到这种情况。选择什么，取决于我的意图，而我的意图又受到我认为有助于谈话内容的因素影响。

意图不同于故事寓意（我采用的结构模式最后一项便是寓意）。我开始讲故事时心里想着意图，但我相信一旦故事从我嘴里讲出来，它就不再属于我了。听者会接过他们听到的话语，根据自己的实际经验加以理解，悟出不同的道理。

上下文语境：我要把他们带到哪里

过程是从意图开始的，但我没有向学员透露意图。故事结构从第二个要素上下文语境开始。每个故事均发生于某个地方，受时间、处所、视角、有关人物以及你本人意图的制约。语境回答了这样一个问题："我要把带他们带到哪里？"因为每当我开始讲故事时，我就会说："和我一起踏上旅程到另一个地方去吧。"把细节添加到故事中，可以让听众了解你邀请他们去的外面的世界。

让我们再回到讲述夜间发送电子邮件的故事上来，我提到了我不喜欢我的经理。如前所述，虽然对我而言算不上最好的启示，但要想写好一个故事，你必须实事求是。如果我忽略了那个细节，故事会发生什么变化？我的经理会给我提一些建议，我没有理由质疑。但这不是故事，也不符合我的意图。故事要讲的是我不愿意改变，这在一定程度上是由我和经理的关系造成的。

在设置故事语境时，要小心避免"细节脱轨"。某些故事要素似乎比其他要素更容易脱轨。一个常见的原因是认为你需要描述详细独特的故事重点，以便听者能够理解这个故事。例如，虽然故事最终可能仅描述你的经理向你提出的反馈意见，教你如何处理工作流程，但你认为需要向听众解释整个流程：

> 我的经理曾经给我提出一些不太有用的反馈意见。我们通过路由系统接进电话，电话一来，我的电话就亮灯，但那只是在我有空的时候。这与旧系统不同。当年在旧系统中，一旦挂断电话，就可以自动找到你。我们开始使用新系统，因为员工没有时间向客户管理系统添加有关呼叫的信息。所以这个新系统……

如果故事的重点是反馈，只需在故事中写进这样的内容：在接进电话的过程中出现故障，你因此受到责备。你所使用的电话技术版本与故事主体无关，因为这不是你的讲述意图。你的意图是表现出你对经理很失望。

人们也经常被卡在故事顺序或环境方面。我有一个同事很会讲故事，可她总是被卡住。下面列举的一段话有些夸张，但在我看来就是这样的：

还记得我什么时候对你说过——等等，那是你吗？我有没有告诉你我的经理说了什么？——不，那不是你。好吧，我的经理上周告诉我了。等等，是上周吗？什么时候？我出去了吗？

细节固然重要。虽然上下文语境是细节，但细节并不总是上下文语境。记住，你描述的语境符合你的意图，但不要扼杀它的生命活力。

决定展示什么、限制什么，这取决于你的意图。但是还有一个关键问题你必须回答：这是谁的故事？这个问题不像你想的那么容易回答。应该把故事重点放在我的经历上，还是放在故事中其他人物的经历上？我讲的每一个故事均反映了我的经历，千真万确。事件按着我看到的那样展开描述，陈述则按着我理解的那样进行阐释。我甚至决定着听众应该知道什么。从某种意义上说，这个故事永远是我的故事，但这并不意味着我是故事的焦点。焦点人物遇到问题时，由别人帮忙加以解决。故事的焦点应是那个经历转变的人物，这就是一个丰富而又复杂的故事的精彩之处。你可以反复调整它的用途，改变故事焦点以满足你的需要。只有当你有意这样做，并且知道在塑造上下文语境时要添加或删除那些内容时，这才会奏效。

行动：先导事件、关键事件和后发事件

行动是推动故事情节发展的动力。如何处理每一个事件，这关系到你为学员创造生活体验的成败。记住，你不是在讲发生了什么情况，而是在讲一个故事。我们在第 1 章探讨过事件与事件类型，但是行动会使你讲述的事件进一步发展。事件就是发生的事件，我认为行动就是我描述事件如何发生的方式。这里有一条规则：让我们看到它。

我们的重点是讲故事，而不是读故事。在本书第三部分，我们将讨论讲故事的过程，因为你要尽可能把故事活灵活现地表演出来。不要告诉我们有人对你说过什么，你要成为那个人，亲自对我们说出来，我们想设身处地分享你的切实感受。因此，在整个第二部分，当我们讨论在你讲的故事中应该包含什么内容时，想想你要写进去的各种事件，以及你如何将事件写得栩栩如生的具体方式。

有一种方法可使你将行动栩栩如生地表现出来，那就是赋予你要讲的故事人物一种能动作用。你应该将事件表现为故事中的人物所做的事件，引起的事件或者是做出的反应，而不是使他们成为环境的持续受害者。你的学员更容易认同那些看似掌握生活主动权的人物，因为成年人希望自己被视为能够掌控自己命运的人物。

通常，它就像使用主动语言而不是被动语言一样简单。其他时候，由于你对事件的理解缘故，情况可能变得更加复杂。但是，如果主人公以一个无助的人物身份出现的话，那些旨在发挥教益作用的故事就会胎死腹中。如果你的目标是影响行为的改变，那么目标行为就应该体现在故事中。

寓意：从故事中获益

你心里可能有一个明确意图，然而一旦你讲了一个故事，它就不再属于你了。"寓意"或者说故事的要点，是让学员自己解读，而不是让培训师口授。我们协助学员认识他们眼中的故事寓意，也许在讨论中可以产生共同的理解，但这不一定是目标。学员自己应该得出独立观点，然后让其他学员证实、解构或挑战这个观点。真正的学习体现在将知识与技能应用到不同的环境中，促进"寓意建构"有助于这一目标的实现。

当我刚开始接触培训课程时，并不接受这种理念。如果我有一个故事可以表明一种观点态度，那就是故事寓意，但这不容许听众自己去解读。我的寓意有特定目的。有时寓意具有辅助作用，也许是作为不同话题之间的过渡。如果学员开始以不同方式解读我的故事，我也会尊重这样的解读，但是我仍然会以某种方式返回到我最初的寓意上。如果学员的解读大错特错，那么回到我最初的寓意上比较容易。但是，通常他们理解得比我好！

为了避免这一切，我必须学会放弃讲故事的人决定着故事意义的看法，让故事本身发挥应有的作用：激发思考。听众则应该从他们的生活背景出发，把听到的故事变成自己的故事。你是否有过这样的经历：有人给你讲了一个故事，而且重讲了一遍，因为你的理解不符合讲故事人的意图，就好像你不理解这个故事，或者那个人没有"讲对"？其实你理解了这个故事，就像学员理解我一样，但他们不是我。我在讲我自己的故事，而听众正在接受一个不同的故事，内容涉及他们正在体验我所讲的故事，以及他们听到的故事如何与他们自己的生活联系在一起。我怎会假定我们都能同时到达同一地点呢？这个"地点"就是故事寓意。现在，我已经准备好了。我的过渡方式可能没有我计划的那么优雅，但这种"混乱"状况可能是教学与学习的最精彩环节。

运用ICAP结构模式或其他任何模式都不难，这些只涉及故事背后的问题。如果你只讲一个采用ICAP模式或任何其他模式的故事，结果可能会奏效，但你无法发挥讲故事的最大潜力。问题是，一个好故事究竟具备哪些特点呢？哪些类型的故事有利于教学与学习？哪些故事与学员有关？让我们在第二部分中寻找这个答案。

总结：结构就是一切

你可以运用两种故事模式来塑造故事：食谱型模式为事件提供一个按固定顺序安排事件的框架；积木型模式更关注有层次排列在一起的某一类事件，每个环节都构建在前一环节的基础上。

英雄之旅就是食谱型模式的范例，它拥有一个流行的故事框架，重点是主人公从普通人向英雄转变的过程。故事支柱则是积木型模式的一个范例，它没有指定应该采用什么类型的内容；相反，它提供了一些提示词，鼓励你关注那些推动故事向前发展的事件。

ICAP模式，是我采用的模式，也是一种积木型模式，包含着大量信息。你可以通过分析你希望故事达到什么效果来收集这些信息。

Part II
用故事震撼人心

听起来很简单,只是在培训授课时讲故事。你有经验,对吗?你当过领导,也追随过领导,既赢过也输过,既讲过话也闭过嘴。有人委托你带领一组学员接受业务培训,所以你的见解肯定有一定的实用性。你只需要带上这些经验,并把它们大声讲出来。接着,砰的一声!你是故事高手!当然,我是在挖苦人。

以讲故事促进交流并不简单,特别是在你认为培训过程一开始就要这样做的情况下。但事实并非如此。它早在你面对 20 名管理人员之前就开始了,也许是两分钟前,也许是 50 年前。它开始于生活、体验、反思,最重要的是意义建构,也就是说,在你遇到的事件当中寻找普遍意义。

这项工作并没有就此结束。确定与选择符合上下文语境和你本人意图的故事(可以很快完成)这一挑战就摆在前面。最好有一个资料库存储那些经过审核校对过的故事,便于你随时选择使用。但是你应该将哪些类型的故事增添到资料库中呢？那些教学效果好，可起到促进作用的故事是否有什么独特之处呢？在本书第 2 部分，我们将了解这些有助于促进学习的故事：产生共鸣联系的故事，体现变化的故事，具有相关性的故事，娱乐性的故事。

.4.
产生共鸣联系的故事

鲍勃（Bob）喜欢经营加油站。他热爱工作，喜欢同人打交道，甚至喜欢早晨散发的汽油味。在这个领域工作了几十年后，他手里的商店钥匙换成了培训手册。我遇到他时，他已经在过去5年里协助培养了像他一样热爱工作的新一代管理人员。当你看到他授课时，可以很明显感受到他因为经验丰富而备受尊敬。最重要的是，学员们都喜欢他。这些"加油站的大姑娘小伙子们"，成熟老练，常常愤世嫉俗（或讲究实际，就像他们所说的那样），带着孩子气的钦佩神情看着他，被他讲出的每一句话深深吸引着。他们不是一个容易做出反应的群体，更不用说做出积极反应。他们都是一些实地操作人员，几乎不想在酒店会议室里待上8个小时，听别人讲解他们多年来从事的工作。

我第一次见到鲍勃时，他正在芝加哥市中心一家狭窄、没有窗户的酒店会议室里教授一门我重新设计的课程。学员都有实际经验，直截了当地表示自己喜欢什么，大多数谈了自己不喜欢什么。虽然他讲的大部分故事契合主题，以业务为中心，但其中一些故事似乎很随意，或者带有很强的个人色彩，使我一时难以看清故事的宗旨，或是他讲故事的意图。但是，学员与鲍勃心领神会，频频点头，相对而视。显然，虽然我可能感到困惑，但学员却不是这样。

我第二次见到他时，他正在奥黑尔机场附近一个通风明亮的米色酒店会议室里授课。这一次，学员比较年轻，经验不足。当他讲授相同内容时，采用的故事更少了，而且与我上次听到的故事不同或有所改变。故事的个人色彩不那么明显，更注重实际效果。最重要的是，故事不那么让人害怕了。有关市中心的故事内容包括自发性火灾、层出不穷的员工盗窃和无耻的抢劫行径，有关郊区的故事内容仅限于目中无人的员工、不礼貌的客户以及损坏的产品展示。

我问他，他的讲授方式是否会根据听众的不同而改变。他说："当然了。"我问他在哪些方面。"所有方面，"他说，"否则故事内容无法使人产生共鸣。"

否则故事内容无法使人产生共鸣。

他脑子里有一大堆故事，他学会了根据不同的观众轮流采用不同的故事素材。对他来说,故事是工具,讲故事就是运用故事的最有效策略。他的目标不仅是教学,更是让学员举一反三,产生共鸣。

故事中的共鸣联系

讲故事有助于人们同各种想法产生共鸣。鲍勃用他的故事将理论内容与管理人员的工作联系起来,然后又将这些理论与如何在现实生活中完成工作联系起来。由于拥有实际经验,鲍勃可以与学员产生共鸣,讲述他们能够认识自己的故事,从而将他的经历与学员的经历联系起来。他的故事让学员有一种登台亮相、备受重视的感觉,他们在鲍勃身上看到了自己。他明白产生共鸣有助于促进学习。

产生共鸣能将起点与终点连接起来。在基本层面上,这就是培训所起的作用——架起桥梁,让人们通过。大多数叙事均能起到这一作用,使我们深入了解遥远的时代与地方。你不是一个生活在中世纪晚期的丹麦王子,但你也可以使自己同哈姆雷特(Hamlet)内心深处那种忠诚与良心之间的斗争产生共鸣。用于促进学习的叙事也有同样的功能,它们使授课内容、学员和各种概念之间彼此相关。这种关系就是共鸣关系,如果再得到学习原则的强化,便会促进学习。

产生共鸣联系的故事

了解如何识别故事中的共鸣要素，对选择那些消除差距的故事至关重要。我发现共鸣要素通常靠近可以让听众产生兴趣的那部分故事内容。例如，当鲍勃谈到管理他以前从未一起共事的员工时（也许他们是在另一个班次工作），他会停止谈论自己的经验，询问学员是否有过相同的经历，并让他们谈一谈自己的想法。选择的故事当中应该包括有可能打破"第四道墙"的段落内容，即打破横在讲故事的人和听众之间的假想屏障。

现在我们就来探讨培训师可用来建立共鸣联系的故事类型：

- 将课程与现实联系起来的故事。
- 新旧结合的故事。
- 使人同情理解的故事。

最佳选择：将课程与现实联系起来

理论有助于引导人们经历各种相似或者不同的情况。然而，理论也可能令人沮丧，因为目前还不清楚理论在现实生活中如何发挥作用。我们在运用故事授课时便可使这些理论焕发出生机，将其与我们的日常经验联系起来。

"大家都在哪里？"这是《阴阳魔界》（*The Twilight Zone*）第一集的片名。一个不记得自己是谁，也不知道从哪里来的人，发现自己独自一人出现在一个荒芜的小镇上，他四处寻找人或答案，直到最后在压力下崩溃。结果我们发现这一切其实都发生在他的脑子里。实际上，这是一次空军训练演习，为的是检验宇航员能忍受多大的孤独。在弥合理论与现实之间的鸿沟上，难道还有比鼓励人们在现实生活中将理论付诸实施更好的方法吗？

有时，我会讲一个互动的故事，在这个故事中，我可以将真实事件与学员的实时反馈穿插在一起，同时教授理论。例如，每当我在教授管理课程时，我都会讲下面这个故事。我曾经有一个经理，他向我们提供了即将裁员的内幕信息。我不知道公司的政策是什么，但可以说不应该在公司宣布裁员前几周就把消息透露给员工。在描述我的经理所做的可疑决定时，我会停下来向学员提出管理道德基本理论中所包含的"假设"问题：你会把裁员情况透露给你的团队吗？如果你知道自己所在团队中的成员不会失业，但其他人几乎都失业，那会改变你的回答吗？

我们都有基于个人经验的理论。但是，我们经常把这些理论看作是不可辩驳的真理，认为这些真理符合常识，每个人都应该同意。我经常选择一些故事来检验这些"常识"理论，看看它们如何成立。这些类型的故事通常旨在让学员摆脱现有理论，促使他们扩展对所学新理论的思考。

我曾经给一些新任主管讲授过动机的细微差别。这是一个很容易理解的重要概念，但是在实践中激励人们仍然很难。班上的新任主管只想着很大的动机，而最大的动机就是赚钱。他们认为，称赞员工"干得好"只能起一时的作用，不会产生持续的动力。尽管这常常是真的，但我从个人经验中了解到，在施予者看来是一个小小的表示，有时却会对接受者产生重大影响。所以，我给他们讲了这样一个故事：

我大学毕业后的第一份工作是在技术支持呼叫中心就职。有一次，我准备参加一个会议，知道管理层要在会上说我们的工作做得不好，说我们行动缓慢，而且不及时回复，也不去处理呼叫请求，反倒很快将呼叫升到更高级别。当时我难以保持工作积极性，因为作为一名高级员工，我在努力完成通话工作量的同时，还接进了全部升级呼叫。我很不高兴，也没有工作积极性，每天都想着最好一次只来一个电话，而且不会超量。我无法掩饰自己对管理层的失望，因为他们通过训斥，而不是及时反馈和培训来提高工作绩效。我打算在这次会议上大吐苦水，问一些他们不想回答的问题。

我先到了会议室，这样我就可以选择在有利的位置坐下来。很快，公司总裁走了进来。我们两人都是二十八九岁。那时我很惊讶地发现，我效力的那家公司的总裁竟然那么年轻。我从未和他说过话，我也不确定他是否知道有我这个人。会议室里仅有我们两个人。我只是抱着胳膊，把目光转向别处。

沉默了几秒钟后，他绕着桌子走了一圈，直视我的眼睛，说道："我们以前从未见过面。但我每天路过你的工作间时，都能听到你在接电话。我知道，如果我把电话打进技术支持部，是你接到了电话，我会得到很好的照顾。"啊？这是一句不请自来的恭维话，除了表达他对我工作的钦佩之外，似乎毫无用处。他触动了我的自尊心，所以我当然很高兴。但还有别的意义。

他既害羞又沉默寡言。他说得没错，他每天都会经过我的工作间。他走过整个部门，既没有停下来，也没有看一看我们任何一个人。我们早已认定他眼里没有我们。

我看得出来，他说话的时候感到紧张，对情况不熟悉。他冒着个人风险不仅称赞我，而且还主动跟我说话。我觉得双方都应怀有感激之情。后来，经过深思熟虑，我明白我的工作比那些电话更重要。我的工作对公司里的每一个人，对我交谈过的每一个客户都产生了影响。对我来说，承认这一点即是冒险。如果公司 CEO 愿意冒险，那么我也愿意。

这是多年前的事件，后来我也换了很多工作。但当时公司总裁对我说的话,.至今为止仍然是我听到过最好的称赞。小事件可以激励人们。对我来说，关键是他的评语让人感觉真挚自然、发自内心，这比他实际说出的话更重要。每当讲述这个故事时，我都希望学员能够挑战他们当前的思维方式，进一步接触如何激发工作积极性的相关理论。

将新与旧联系在一起

设计师经常利用现有的信念来帮助学员掌握新思想。在教授新内容时，培训师可能会举例说明如何使用旧知识帮助学员学习新知识。我们可用同样的方式讲述那些将旧信仰与新信仰联系在一起的故事。

想想我以前在银行培训过的那些新任主管，他们当中的许多人之所以升职，是因为他们对以前的工作很在行。晋升本身更多的是对良好工作表现的奖励，而不是代表银行领导层采取的战略行动。因此，对于这些新人管理人员而言，"干得好"这一说法与他们往日的旧工作紧密相连。如果他们不卷起袖子同团队成员一起努力工作的话，他们就会认为自己做得很差。作为一名培训师，我的目标是帮助他们认识到管理意味着通过他人完成工作。管理工作不同于他们一直在做的工作，因此期望是不同的。你还得奋战在工作第一线，只是工作第一线与以前不可同日而语了。

我记得我曾经跟一个班上的学员提到过金（Kim）。她是我几年前的同事，工作时间长，也很有成绩。

当一个管理职位出现空缺时，金是晋升的合理人选。她兢兢业业，是该部门最优秀的设计师之一。她接受了升职，并将其视为对她本人低调作风的嘉奖与认可。然后，她又像往常一样回到了原来的本职工作上，谦恭地提醒我们，她仍然是同一个人，什么都没有改变。但无论她喜欢与否，一切都变了。

员工们则希望金担任自己的领导，他们向她提出各种问题，并试图向她展示自己的工作。然而，她的反应是告诉其他设计师她会在他们所处的情况下做什么，有时甚至自己接管项目，努力"拯救她的团队"。她所做的一切只是为了做出她个人的贡献。她认为，管理任务是对她实际工作的不必要干扰。在她看来，自己的实际工作仍然是一名设计师。

大约6个月后,她要求重新回到原来的岗位上,转而提拔别人。公司并不会这样处理问题。所以,她要么必须适应管理工作,要么离开公司,到别的地方去干"老本行"。她选择了离开。

为什么会这样?无论她本人,还是那位本应支持她向管理人员过渡的经理,似乎都没有意识到这一点:虽然她有了一份新职务,但是她仍在做着以前的工作。金一想到没有干好自己的工作就感到伤心,尤其是在她以前受到的表扬全都变成了批评的时候。如果她现在想干好工作,就必须专心成为一个更好的领导者,而不是一个更好的设计师。

我之所以选择这个故事,是因为我知道学员会在金的身上看到自己,不想遭遇同样的命运。只是关注他们的工作发生了变化这一事实,并不足以让学员相信他们需要做出改变。我必须把注意力从工作本身转移到学员和他们的身份上。如果我想将其旧身份背后的驱动力和他们的新身份联系起来,就必须进一步挖掘利用他们因工作出色而闻名的自豪感。

使人同情理解

同情理解是一种强大的工具。关于同情理解在生活各方面所起的作用，前人著述甚多。然而，只是要求人们从不同角度去看待一种情况并不总是奏效。讲故事有助于我们将学员与新情况联系起来，他们也许会从新情况中对自己的生活有一点了解。学习往往需要改变观点，而鼓励同情和理解则是促进这种改变的一种有效方法。

在一次讲授监督课程的过程中，为了活跃气氛，我要求学员打个比喻来描述管理工作。大多数人都用"保姆"这个词。我怀疑可能是群体性思维致使他们使用了这个词，因为尽管有的学员一开始用"过山车"或"足球教练"这样的比喻说法，但当一个人说像"保姆"和大家听到小组成员传出的笑声后，几乎所有人都用了"保姆"这个词。

无论他们的动机是什么，很明显有人认为管理工作就像是照看一些既不能、也不愿意按照别人的吩咐行事的孩子。我必须提醒他们，如果这是他们真正的感受，他们就不会愚弄员工使其认为他们有别的想法。我本可以问学员，如果他们每天上班时知道经理认为他们是需要被监视的孩子，他们会有何感想？尽管这可能会引起一些人的共鸣，但是讲一个故事，让主人公站在别人的角度以不同的眼光看世界，才能把问题讲得更清楚。

这些管理人员很有趣的一点是：在担任新职务后，他们的观点迅速发生了转变。几个月前他们只是干自己的工作，现在成了一线管理人员，这意味着他们上面仍然有更高的庞大的管理机构。帮助他们更仔细地审视自己目前的职位以及同上级管理者的关系，让他们讲述自己的故事，这样做可能效果更好一些。有时，能否产生同情和理解可能取决于能否诚实地看待自己的生活，而不是别人的生活。

产生共鸣的故事选择清单

当你在考虑应该选用哪些故事时，问问自己，你选用的故事是否能够：

- ✓ 在内容与真实经历之间产生共鸣？
- ✓ 帮助学员将现有想法与新想法联系起来？
- ✓ 鼓励学员联系自己的实际经验，最终从不同的角度看待世界？

总结：使人产生共鸣

故事中的共鸣联系要素对出色的故事讲述与促进学习至关重要。你可以利用故事来帮助学员融会贯通，举一反三：

将内容与现实生活联系起来，将现有的内容与新想法联系起来，并将自己的亲身经历与他人的经历联系起来。运用故事来促进增长才干所需的共鸣联系，关键在于"架设桥梁"，帮助学员跨越过去。

.5.
体现出变化的故事

在我的培训生涯初期,我曾经接到过设计讲授敏感问题课程培训的教学任务。然而,一想到要讲授这样的课程,我就感到心绪不宁。虽然我们的企业培训基础课程包括专业发展课程,或者通常所说的软技能课程(我不赞成这样的名称,因为人际交往技能没有任何"软"的一面)——客户的培训要求涉及技术内容或旨在支持新举措的内容。我不知道为何提出这样的要求,但我知道培训可以支持解决方案的实施,而不是解决方案本身。我希望他们也明白这一点。

我同提出培训要求的经理见了面。当时我还不熟悉培训需求评估业务,所以我设法让他告诉我出现了什么情况。他说,这一切都始于针对涉嫌滥用药物以及在建筑物内销售毒品所开展的调查活动,最后有证据表明呼叫中心的很多员工受到了威胁。他采取的解决办法是:只解雇那些表现非常恶劣,目前被警方拘留的员工，其余的员工要参加一个小时的敏感问题课程培训。所有培训课程将在一天内完成，而这项计划应在这些员工身上引发一个会持续一生的变化过程。我没有那位经理那么乐观。

我知道在一个小时内什么也改变不了，所以，我决定创建一个让我的经理与呼叫中心的经理都可以赞同的适度目标。当时我甚至还没有听说过学习目标这种说法，但我有比较丰富的经验，知道我在当时的有限条件下只能期望学员在"什么是骚扰"的问题上达成共识。我写了一些案例研究材料，将其通过电子邮件发送给学员，还要求他们完成一项在线调查，包括指出每种情况是否构成骚扰，并给出相应的理由。在开课前的一整周里，当我看到我的调查结果圆形统计图以意想不到的方式增长、缩短时，我开始担心应该怎样开课。

培训日到了。我不知道会发生什么情况。调查结果是匿名的，当他们知道持有政治上不正确观点的学员占大多数时，却大胆地说出了自己在上课时的真实感受。虽然开诚布公的谈话是上课重点，但我并没有想到他们竟然那么诚实。时间过了15分钟，我们根本没有接近我预想的目标——认清问题。事实上，我并没有考虑如何说服他们改变对骚扰的个人理解。

由于我比较幼稚,缺乏专业经验,所以我希望大多数学员都能认清骚扰问题。我认为很少有人看不出他们的意见有多不受欢迎,然后愿意学习新的东西。我错了。

我需要发掘利用此前我没有接触到的因素——他们的内在改变动机。我知道,这不仅仅需要有关多样性益处的数据,以及感情受到伤害的简化故事。讲故事可能是处理这个问题的好方法,但是在这种情况下你会讲什么类型的故事呢?我们已经探讨过变化对所有故事来说有多么重要,但在变化是努力目标的情况下,关于变化的故事也可能具有指导意义。它必须既描述一个变化(所有故事都应该这样做),又鼓励听众本身发生变化——最好它还能说明如何引起变化。

本章探讨的是故事应该具备哪些特点,这样你就可以通过人物的内在动机促进人物发生变化。

为何在故事中变化很重要

最有效果的故事往往描述一种变化。我们探讨的是除了描述往事旧闻以外,还具有教育意义的故事。用于促进交流的故事,与有意义的书籍和电影(也侧重于变化过程)属于同一范畴,因为就像专为书籍与电影所写的故事一样,上述故事也被用作展示和加强特定叙事的工具,以促进认识或行为上的改变。

我在研究生院攻读写作课程的时候，我们的授课老师经常给我们的故事提供反馈意见，问道："为什么你要告诉我们这个？"我们知道要把他们的反馈理解为一种要求，理解为让故事在故事本身中存在的理由。换句话说，他们不希望我们告诉他们为何写故事，而是希望我们加强故事的效果，让读者觉得他们正在体验一些重要的事件。我们的故事必须对有些人具有重要意义，这样故事不仅仅需要讲述，而且还需要被记住。正如布莱克·斯奈德（Blake Snyder）在《救猫咪：电影编剧宝典》（*Save the Cat！The Last Book on Screenwriting You'll Ever Need*）中所写的那样："我认为人物必须经历变化……因为如果你的故事值得讲述，那么它对每一个有关的人都很重要。"为了使有的事件体现出重要性，就必须使之处于险境之中，既可能赢得它，也可能失去它。变化，（无论是引起变化，还是避免变化）每次都会增加危险。

体现出变化的故事

你需要体现出变化的故事，但是以什么方式变化呢？主要有3个特点：

- 激励学员做出改变的故事。
- 需要外力引起变化的故事。
- 既展现变化,又表现如何引起变化的故事。

动机:为何做出改变

我在关于敏感问题的培训班上有一个教学目标:我希望所有参加培训的学员都在什么是骚扰这一点上达成共识。我的计划是让他们阅读有关政策(在一定程度上将骚扰定义为是带有恐吓或威胁性质的恶劣行为),阅读描述工作场所事件的剧本,然后回答问题,说明剧本中描述的事件同相关政策有何联系。

我只记得其中一个剧本。它之所以引人注目,是因为我们对它进行了热烈的讨论。剧本描述了一位名叫约翰(John)的员工的个人行为。他60岁,约有30年的工龄。他是个"拥抱者",无论遇到谁都要拥抱。他已经这样做很久了,没有引起不良结果。他也不动脑筋想想别人是否愿意接受拥抱,一贯认为每个人都可以拥抱一下。众所周知,从未有人因此向管理层或人力资源部投诉过。

当新来的女雇员凯伦(Karen)第一天被介绍给约翰时,他就上前拥抱她。凯伦闪身后退,但约翰还是走向前去拥抱她。凯伦吓坏了，也感到非常尴尬。在接下来的3个月里，他还想再拥抱她几次，得手的程度不尽相同。最后，她去人力资源部告发了他。

在随后进行的调查中，我问学员是否相信约翰的行为符合公司对骚扰行为的描述。我故意避免直截了当地问这是否是骚扰。超过75%的学员表示不同意，认为约翰的行为与公司的骚扰定义不相符。当我们在现场讨论调查结果时，大多数人都从字义上进行争论，或者希望对凯伦的行为有一个清晰的说明。描写这些情景是为了突出灰色区域，使答案变得不那么明显。然而，在这种情况下，正确答案是约翰的行为符合公司对骚扰的定义。那些没有看到问题的人必须要有动力去思考。但是怎么做呢？

使变化看起来令人满意

如果结果有利，人们就有改变的动力。因此，支持变化的故事应该以积极的基调结束，尽管你不能保证结果是积极的，还是消极的。

当我讲述有积极结果的故事时，我倾向于掩盖细节。也许正是谦逊让我省略了有助于创造良机的辛勤工作与好运这两个因素。听起来像在吹牛。遗憾的是，当你省略这样的细节时，会让好结果看起来得来全不费工夫，这听起来也像是在吹牛。

我发现我讲的故事具有消极倾向，因为我更清楚地记得细节，觉得细节更有趣。但这种嗜好并不能使结果看起来令人满意。有时，故事原本是要体现出积极乐观的基调，可是，当我讲到故事的结尾时，学员脸上的表情似乎在说："这是一件好事吗？"这只是我的诸多偏见之一，我相信你也有自己的偏见。这就是要重视有意识地选择故事的原因，而不是仅仅相信突然出现在你脑海中的故事才是合适的故事。你选择的故事应该能支持学员希望看到的变化，激励他们学习那些促进变化所需的行为。

这是旅程，不是目的地

根本没有任何保证。学会写一份完美的简历也不一定能使你找到工作。当目的地遥远或不确定时，学员会感到气馁。在这些情况下，我们更应该关注旅程的回报。想想英雄之旅，以及将其作为故事框架的所有动作影片。我们知道，英雄生还的机会很大。即使他们没有活下来，结果仍然是积极的，因为"他们死了，其他人也能活下来"。我们知道结果是这样，但仍然希望看到旅程经过，因为这是关键。我们希望看到在旅程中发生的促进转变的各种事件。英雄必须赢得最后的胜利。

在选择的故事当中，每一段旅程的收获都是可取的，无论好坏。很多人向我问起自由职业与经营自己的生意这方面的问题，我也有很多故事要和大家分享。我的故事通常具有里程碑意义：何时得到第一个客户，何时能够增加收入，如何获得客户的信任，等等。

但最重要的是我在旅途中学到的东西。例如，当你是内部员工时，你的经理会根据你过去的工作业绩加薪。她全年都和你在一起工作，因此按道理说，她了解你的工作表现以及与团队中其他人相比的情况。或者，你可能仅仅因为一直表现不错而期望加薪。如果你是顾问，情况就不一样了。一旦你决定要收取更多的服务费用，要做到这一点可能是一个漫长反复的过程，而且也不能保证结果。如果潜在客户离开，在你为下一次业务调整策略时，学习就发生在那里。

施加影响：是何人或何事造成了变化

作家和批评家们经常谈论人物发挥能动作用的问题。在讲故事这方面，发挥能动作用关系到人物是选择自己的行动路线，还是一有风吹草动就成为不幸的受害者。如果人物角色在故事一开始时还比较被动，我们希望他们在后续转变过程中能够发挥出能动作用。有很多好故事的主人公根本无法掌控自己的境遇，但你必须问一个关键问题：你希望听众从描述一个无法控制本身境遇的人物故事中学到什么?

成年人希望看到别人能掌握生活主动权,也希望自己有这种感觉。这一事实影响到成年人的学习方式:"成人教育学表明,成年人有一种对自己的生活负责的自我观念,并期望别人认为自己有自我管理的能力。"发挥能动作用,可以增强促进学习的故事效果。

命运掌握在自己手里,是吗

如果目标学员没有外在力量激励他们做出改变,以形成理想的行为习惯,那么旨在提高能力的任何解决方案都没有什么意义。如果在工作中没有支持变革的结构或程序,学习的转移将受到阻碍。在选择的故事当中,主人公应该能够真正做出你所建议的那种改变。

每当我参加会议时,我经常躲避"案例研究"教学内容,因为在这种场合下,演讲者要带着我们了解他们为企事业单位或客户完成的成功项目。这些内容通常被认为是最实用的课程类型,因为演讲者要讲述他们如何将过去的理论应用到实践中去。尽管这很好,但是我总是对他们面临的局限性以及他们得到的支持更感兴趣。对于许多学习与发展部门的专业人员来说,缺乏组织支持和资源比他们的个人技能具有更大的局限性。

有一次，当我还是一名员工的时候，我参加了一个有关电子学习课程精彩视频制作会议的分组会议。这发生在公司通讯仍然依靠黑莓技术的时候，所以还没有人带着工作室的设备到处走动。发言者讲述了有关情节串联图版流程与制作难点的精彩故事。问题是，根据他们的说法，制作"精彩"视频仅需要一个配备有绿色屏幕和多媒体设备的房间。大多数观众只是面面相觑，那表情无疑在问："什么？"我效力的公司完全没有能力提供任何此类服务。当然，我也从来没有问过，但是当你必须为软件升级讨价还价时，似乎不大可能获得绿色屏幕和相关设备。

你可以做到

如果学员认为他们不能因为真实的或想象的个人障碍而做出改变，他们可能就不会主动提升自己的水平。学员必须有足够的自我效能感来相信预期的表现是可以实现的。想想那句据说是亨利·福特（Henry Ford）的名言："无论你认为自己行，还是认为自己不行——你都是对的。"

我效力过的一家公司开设了一门专业发展课程，内容是树立并实现你的梦想。我们开展了一些练习，帮助我们想象今生今世要做些什么，然后制订一个实现目标的方案。

我觉得这是对公司培训课程的一个奇怪的补充。我在上完这门课后觉得它更加奇怪。如果它真的实现了预期的培训目标，那么大多数人会在修习课程后的6个月内辞职，除非你已经到了你想去的地方。

几年后，我能够看出这门课当时会起到什么作用，尽管我们大多数人仍在原地不动。我太直白了。切实教训是发现了我们可用来帮助实现目标的所有工具。这种技巧既适用于我们的梦想，也适用于我们的现实。授课教师讲述的大多数故事主人公，按着他们自己的说法，均成长在原有的环境中。授课教师谈到如果我们清楚自己想要什么，今天就可以从现在开始朝着这个遥远的目标迈出一步。

主动做出改变或被动面临变化

你的能动作用受到某人或某事削弱的威胁，也是一个巨大的动力。有时，你寻求的结果需要一个突进，而不是仅仅倾向于改变。反思与考虑选择的时间可能即将结束。在这些情况下，选择的故事内容应该涉及威胁何时变得明显起来，并迅速向主人公逼近，主人公则在需要时采取了行动。

你可能认为威胁这个词过于消极，想用一个更温和的词来代替它，比如鼓励。我不会这样做。如果你想取得理想的效果，含义微妙不是一个可行的选择。这些故事主要讲的就是针对长期的被动行为，或是针对被动进取行为所采取的有潜在进取性的解决方案。换言之，故事的重点是主人公的作为或不作为所造成的不良结果，他们必须立即采取行动，否则将面临更严重的不良后果。在应该选择的故事当中，主人公起初平安地待在平凡的世界里，虽然接到了冒险的召唤，但是一次又一次拒绝了，直到他们别无选择，最终只能跨过门槛、走进特殊的世界。

关于如何变化的说明

拒绝变化的召唤并不总是涉及能动作用的问题。人们常常不知道如何改变现状。例如，我在第4章讲了这样一个故事：员工被提拔到管理层的原因常常是他们有能力做好当前的工作。这其中的假设是：如果你能做好一项工作，你肯定有能力和资质监督从事这项工作的其他员工。新任主管往往事先没有接受过管理培训就被调任管理工作。在某些情况下，比如零售业，可能没有上级或同级来指导业务主管。所以，新任主管应该意识到新的工作需要一套新技能，同时，上级管理层对主管需要达到的绩效目标非常明确。但是，怎么做呢？

当我为需要学习新技能的员工讲授培训课程时，我会让我的故事内容更加具体。这些学员通常对理论和细微差别没有学习的耐心。在描述了主人公所做的改变之后，学员会立即举起手，接着就如何、为何、何时、何处以及何事等方面的问题给出不同的解释。让我们来看一些可以体现这种细节程度的故事。

老员工也学艺

让我们思考这样一个情景：在以相同方式工作了很长一段时间后，你需要改变原有工作方式。你可能想知道是否有可能学会一种新的做事方法，或者为时已晚，无法改变？在20世纪90年代末至21世纪初，越来越多的公司将旧式大型机系统升级，或者首次运用技术手段实现流程自动化。我承担的许多技术培训任务主要是教人们使用新软件完成多年来手动完成的任务。这是一个挑战，因为我们在引导学员对变化抱有正确态度的感觉的同时，还要教授使用软件，而且通常是教授如何使用计算机的基础知识。

在第2章中，我描述了"Z"模式，这是一种基于特征的技术培训方法，并将其与侧重完成整个任务所需的更实用的知识培训进行了对比。我用故事来提供上下文语境，并解释他们需要完成什么,然后给予具体指导。这是另一个特殊性非常重要的案例,尤其是针对一些分析性职业更是如此,这些职业往往会吸引那些理解方法比较刻板的人士。

心诚则灵

有时我用故事来解释一个方法或过程如何比表面上看起来更复杂。我经常介绍做出完全知情决策所需的各种考虑因素。我利用故事来做的事件恰恰相反。也就是说,我试图让复杂的任务看起来容易一些。让新事物看起来更容易的一个关键做法是将它与学员已经做过的事件联系起来。关注他们如何使用一直在使用的相同方法,但现在是使用一个新工具,而不是仅仅动手操作。

故事策略可以让学员感觉几乎没有什么变化,有前后对比效果的故事在这方面非常奏效。你要谈一谈,或者最好鼓励学员谈一谈以前的方法是如何奏效的,然后讲述相同的故事,用新方法替换原来的步骤过程。然而,只有在你抱有诚意的情况下这样做才会有效。把复杂的任务看得很容易,这样毫无益处。不要把任务贴上或难或易的标签,只需让故事本身说明一切。

体现变化的故事选择清单

当你考虑使用哪些故事时,问问自己,你的故事是否包括以下几点。

- ✓ 提供积极成果的事例,以激励学员做出改变?
- ✓ 有助于学员看到他们有能力做出改变?
- ✓ 能够指导如何做出改变?

总结:没有什么一成不变

故事主人公必须经历一个转变过程,这很重要。如果主人公的变化反映了你希望学员发生的个人能力上的变化,那么故事应该发掘利用他们的内在动机。

故事可以促进动机,让变化看起来合情合理,确保学员能够做出改变,而且至少在一个较高层次上根据故事的上下文语境解释如何切实地做出改变。如果你把注意力的重点从目标移开,将其转移到过程的回报上,你也会更容易相信改变是可能发生的。

.6.
具有相关性的故事

根据成人学习理论，学员具有自我引导的特点。当他们需要知识的时候，就会积极主动地寻求知识。动机可以是外在的，也可以是内在的。正是内在动机，把一批又一批"有抱负的注册学员"带到了我的课堂上。他们前来求学，也许是因为他们相信自己今后需要掌握一套特别的技能。这种情况在我讲述的公共注册课程中屡见不鲜。尽管学员当中水平高超者不乏其人，但是根本没用过办公软件的学员大有人在，他们报名学习高级软件课程，只因为这符合他们的时间安排。同时教授水平不一的学员即是本职工作，又在预料之中，但是却给讲述相关故事的环节带来了困难。

有一次，我在讲授一门叫作"管理者战略决策"的课程。这是一门内部开设的高级课程，虽然公司员工均可报名学习，但我并没有期望在当天看到任何有抱负的注册学员。正当我们在房间里走来走去,讲述自己的工作经验时,有位名叫杰西(Jesse)的学员说这是他上课的第三天。

"欢迎,杰西。你从以前的雇主那里学到了什么管理经验?"

"没有,"他说,"这是我工作的第三天。我六月份刚毕业。"

"你现在是经理吗?你的经理鼓励你来上课,是吗?"

"两个都不是。我只是觉得会很有趣。"

后来我知道,班上还有几个学员从来没有干过管理工作。结果是平分秋色。我开始怀疑,这是否仍然可以算是一个管理培训班,因为授课内容就是那个水平。我不能忽视管理经验分水岭任何一方学员的需要。我知道我必须按原样讲授培训内容,但是难就难在要让培训内容同层次如此参差不齐的学员接轨,尤其是学员层次并不符合原有课程设计的要求。

在我讲授课程,学员回答问题解释在某些管理情况下应该做什么的过程中,我注意到了一个微妙的分歧。有过管理经验的学员会对问题给出经典的"管理"答案,而没有管理经验的学员则从员工的角度质疑这个答案。例如,一部分课程内容集中在选择晋升的员工问题上。我们举了两位员工的事例:一位是公司的新员工,见解新颖,拥有工商管理硕士学位；另一位是已经承担了一些管理职责的长期员工。有过管理经验的学员强调，晋升决定应基于对公司与部门最有利的因素；而一些没有管理经验的学员则认为，员工的忠诚应是首要考虑的问题。在我们讨论出最佳答案之前，有关战略大局与员工忠诚度的辩论成了课堂讨论的主要内容。

我赞成提醒管理人员应该考虑员工的观点，但这更像是一种分心行为，并无益处。我需要改变谈话内容，让没有管理经验的学员意识到什么情况有危险。此时我需要一个故事，但是，这个故事不可能像我们整天讨论的那样仅同管理人员有关。我需要的故事必须将学员关注的重点放在由员工思维到管理思维的转变过程上。同时，它也不能疏远任何一个学员群体；它的相关范围虽然狭窄，但是应具有广泛的吸引力。

为何故事中的相关性很重要

相关性有很多层次，很容易误判什么是相关的，什么是不相关的。你的故事必须与教学内容、学员或某些上下文语境相关吗？它必须同现在相关，还是只适用于未来？

相关性一直很重要，但在我们走进故事中那个按特定需要构建的世界之前，听众有责任确定他们听到的故事内容的重要性。就好像有3个版本的晚报和两个版本的家乡报纸，你从中选择了一份最接近你个人信仰的报纸。随着时间的推移，你的观点反映了他们的评论立场，你付出了艰苦努力。既然我们可以挑选接触的信息，而且这些信息又反映了我们自己的信念，那么更多的责任就落在了信息传递者的身上。我在自己讲授的课程中可以看到这个过程。学员更加希望几乎所有的内容，以及用来解释这些内容的事例均同他们所做的事件完全相关。如果他们所学的东西反映不出他们的实际经验，他们就会宣布这与他们的实际经验无关。

归根结底，相关性又回到了那些基本问题上：你为何要讲这个故事？你为何现在这样说？你为何要告诉我？换句话说，他们想知道："这里面哪一点对我有益处？"当你讲述的时候，听众正在寻找这些问题的答案。如果答案不明显，你就有可能增加听众的认知负荷。一个人一次只能接受这么多的信息，而你却期望他们同时吸收所有其他信息，并试图找出你所讲述的故事寓意，这会给学员增加不必要的负担。

建构并提供一种单一的同步体验很有挑战性，因为它要解释我们的学员所处的各种工作环境。但是如果课程内容符合他们的工作环境，学员就会更容易把他们学到的东西应用到工作中去。

具有相关性的故事

你的人生经历独一无二,其中包含着时间、地点与环境等各种因素,当然还包括你自己。我们都知道这一点,但仍然很容易会认为我们的经验具有普遍性。然而变化因素太多,我们无法认定根据自己的经验创作的故事可以"开箱即用",屡试不爽。也许教室里的学员会在你的故事中认出自己,但是我建议你把这个念头放在一边,而应专心去思考你要传达的各种想法。

你要寻找的很有启发意义的故事具有以下3个特点:

- 故事具有明确的中心思想,能够揭示普遍真理。
- 故事具有明显的相关性,且更具吸引力。
- 故事内容以学员的经历为基本素材。

普遍真理:对每个人都真实可信

在你的故事中寻找"普遍真理",或者寻找其中包含普遍真理的故事。普遍真理是一种道德规范,反映了我们大多数人所共有的人性可预测的各个方面。下面我们要探究的一些故事类型能够根据我们大多数人的真实情况,表现出具体的相关性。

就像妈妈说的那样

就在我辞职成为自由职业者之前,我同一些已经为自己工作的人士交谈过,询问他们如何获得客户。我准备好了笔和纸,这样我就可以记下他们使用的网址,或者与他们合作的公司名称。而他们的答案是一致的:

"口碑。"

当时我不希望这是真的。我知道必须依靠别人来获得机会,这会让人感到不安。我难道不能在什么地方报名吗?当然,销售我的服务要比建立人脉关系、为社区做出贡献以及在网上立住阵脚容易得多。但这样做的人都不是等闲之辈,我还是走常规路线吧。几年后,当人们问我如何获得客户时,我告诉他们只有一种方法:"口碑。"的确如此,以前和现在都是这样。从表面上看,这个故事只对那些想创业的人有用。如果内部员工被分配到很多工作任务,他们就不会对努力争取客户感兴趣。但是这种紧迫感以这样或那样的形式触动了我们所有人。当一个人意识到晋升不是对耐力的奖励时,就是他职业生涯的转折点。晋升(应该)是公司的一项战略行动,以表彰并继续支持公认的合格领导者,他们将会帮助公司实现各种目标。但是成为"公认的合格领导者"意味着你是一个领导者,而且那些了解你的人以及那些只听说过你的人也把你视为领导者。他们是怎么听说你的？

"口碑。"

一想到同你一起工作，人们就感到心情舒畅。只有他们了解你的一些情况，他们才能这么做，而且最好是从他们信任的人那里得到你的信息。就像我母亲过去常说的："总有人在看。"当时是这样，现在还是这样——这就是普遍真理。

小洞不补，大洞吃苦

普遍真理，无论是直接的还是间接的，都能够迅速增强故事内容的相关性。无论故事中有什么人物，无论他们在做什么，如果故事的核心部分有一些涉及已知真理的金石之言，那么听者就有可能会发现这些经验教训更容易理解，并将其应用到他们的工作生活中去。对讲故事的人来说，问题是你要先解释格言警句，还是先讲故事，把格言警句的部分保留到最后。

有一句老话或普遍真理说："小洞不补，大洞吃苦。"假设你在向管理人员讲解记录员工绩效的重要性，而且你还有一位管理人员不愿意这样做的故事。故事中直到他必须提供解雇员工的有力依据，而他又拿不出可以支持解雇决定的相关文件时，才出现了问题。其结局是显而易见的。为了展现可以预料的结局，讲一个长篇故事有用吗？

如果故事有细微差别，或者结局出乎意料，那么最好首先讲述这个故事。现在，让我们假设同一个故事有不同的结局。假设你想说的是，不记录员工绩效你就是失职，无论你是否要为解雇员工提供依据。学员不会想到，故事的结尾是管理人员因记录不完整而被解雇。

为何这很重要

你可能认为你需要能够看透人的心思，也就是说，你需要花费一些时日来充分理解人的状况，这样你才能讲述那些揭示人类隐藏真相的故事。你还能用别的方式讲述同每个人相关的故事吗？

你的故事应该有一个目的，但是其中的寓意则属于听众。也就是说，你可以只讲故事，至于对学员来说故事的寓意是什么，你只管组织讨论就行了。这样可能会引发一场热烈的讨论，最后得出你从未想到过的各种解读阐释新见解。你可能选择永远不透露你认为的故事寓意是什么（也许就是故事的真正寓意）。故事是关于你本人的，但是学员当天在室内的体验却属于他们自己。

鼓励学生讲故事：谁愿意作证

确定故事相关性的一种方法是询问学员故事内容如何与

他们相关。或者，我们再往前走一步，不要讲故事。我不是说你应该讲一个故事，然后鼓励学员自己讲，我的意思是说你自己一个故事也不讲。确保相关性的最佳方法莫过于让学员讲述自己的亲身经历，先提供一个带有问题的故事提示，这样可使学员讲述的亲身经历具有教学相关性。但是务必谨慎！如果你认为自己的故事很难达到目标，那就试着在别人讲故事的时候提供帮助。我在此建议一定要提供合适的提示，并在整个过程中给予学员指导。且看下面几个示例。

谁愿意分享自己在……方面所学到的东西

请注意，这个提示应具体在问关于某方面内容我们学到了什么。你不能要求学员讲述长篇故事来描述他们还没有接触学习过的事件，你也不需要找一个句子来描述随机事件。你是在要求学员讲故事，描述他们在某种情况下学到了什么。

记住，我们每个人内心都有一位故事高手。虽然我们许多人都全力以赴寻找那位故事高手，但有些人不是这样。所以，当为财务团队授课时，你不要期望每个人都能够通过讲故事的方式说明自己如何学会了成为一个更好的管理人员。你需要想方设法指导他们。

我们在讲到故事结构时探讨了故事支柱这个实例。它指的是一系列提示，旨在帮助讲故事的人塑造一个有情节发展

动力的故事:

- 从前……
- 每天……
- 但是,有一天……
- 因此……
- 因此……
- 最后,直到……
- 从那时起……

你可以运用类似的提示来帮助讲故事的学员推动故事件节的发展,让他们专注于故事中发生的事件。这一行动和结果就是你想要达到的目标。如果我觉得讲故事的学员"在丛林深处走得太远",我就会问:"接下来发生了什么事件?"你不需要一系列事件,而是要明确一个行动是如何引发了一个又一个行动。

你学到了什么

这个提示是鼓励学员讲自己的故事与促进发现故事寓意之间的折中提示。当我们意识到自己是在讲一个没有结局的故事时,我们都会有一种不安的感觉。在恐慌之中,你可能只是笨拙地宣称"就是这样"，然后，面对学员茫然的目光，尽力解释这一点。每个人都对你笑着说"噢"，然后接着往下听。

如果一个学员讲了一个稍微有点不对劲的故事，而作为培训师你可以继续授课时，你应该帮助学员挽救这个故事。帮助他们"打开盖子"，提出问题，帮助他们构建故事的意义：

- 你对自己的行为感觉如何？
- 那与以前的行为有何不同？
- 那是一种变化吗？对你来说，这种变化不符合你本来的性格吗？你觉得出乎预料吗？
- 这体现出你这个人的哪些特点？
- 你从变化中受益了吗？其他人受益了吗？

具有相关性的故事选择清单

当你考虑运用哪些故事时，问问自己：

✓ 这个故事是否有一个明确的中心思想，能够揭示一个普遍真理？
✓ 这个故事是否清楚地说明它为何具有重要意义？
✓ 这个故事是否鼓励学员讲述自己的故事？

总结：说明故事相关性，课上直接讲故事

有一些策略可以确保用作培训授课工具的故事同听众相关。现在，学员希望他们所学的东西能够立即得到应用，那些用于探索内容的事例能够说明他们的经验。相关性回答了一些基本问题，比如你为何要讲这个故事，为何现在要讲，你为何要讲给我听。

与不同听众相关的故事通常基于一个普遍真理，并利用我们每个人都具有的核心情感，而不管上下文语境如何。让学员告诉你所讲故事都有哪些相关内容，或者你鼓励他们讲述自己的故事，则可以帮助讲故事的学员阐明故事的含义。这样做通常更有效，也更有用。

7.
具有娱乐性的故事

上午7点57分,20名学员全部就座,4人坐在一张课桌旁。我站在离教室门口几英尺远的接待台后面,听到身后不断传来此起彼伏的嘈杂闲聊声。

"我正在尽最大努力,哈迪娅。"接待员在等着同复印中心通电话时这样说。

"练习本应该送到这里了,"我说,"没有练习本我教不了课。"

我不知道没有这些练习本我是否真的教不了课,但我知道现在是早上8点05分。教室里的嘈杂声已经减小,门外再也听不到了。那是在21世纪初,当时每个人都不能拿出笔记本电脑干点别的事件消磨时间。要想发送电子邮件,还必须回到台式电脑前。我进入教室时心里没底,但是学员脸上的表情清楚地表明,他们必须要开始做点什么,而且必须现在就开始做。

我必须做出选择——我可以表现得好像一切都正常一样，把课程的前15分钟内容拖延到练习本送到的时刻；或者我可以立即坦白让他们知道，我们将在没有练习本的情况下继续上课。第一个选项需要能够像跳创新踢踏舞一样灵活机智，左右逢源，但是我怕自己经验不足，无法完成。第二个选项会让学员觉得吃亏。

我选择了第三个方案。我决定承认我们没有练习本，但低估了这一事实的重要性。接着发生了令人惊奇的事件——我有时间了。我摆脱了练习本强制规定的严格课程结构，自由发挥，把学员的经历和故事作为主要的教学内容来源。这是一个启示。我很快开始想象今后再也不必使用练习本了。

上午10点45分左右，接待员走到门口，透过窗户向我挥手示意，引起我的注意。随即我让全班同学休息一下。当学员陆续离开时，接待员搬来两个大箱子，把它们放在了我面前的课桌上。

"可算到了！"我感叹道，"我真不敢相信他们花了这么长时间。"

"哈迪娅，你今天几点到了这里？"接待员问。

从她的语气我可以听出，虽然我还不知道为何我的到达时间很重要,但它真的非常重要。我也知道,当有人问你何时到的时候,正确的答案可能是早一点,而不是晚一点。

"来得早,7点吧,"我说。

实际上我在7点15分到达那里,虽然不是7点,但绝对是已经7点了。

"你先去的是办公桌旁吗?"

"不,我一上午都没去过办公桌旁。我……"

"这些练习本今天早上7点就送到了你的办公桌旁。一直放在那里。"

她两眼瞪着我。我们都知道,她早上大部分时间都在和复印中心通电话,替我同他们争执复印练习本的事件。我所能想到的就是复印中心怎会知道上夜班的员工在回家的路上把练习本送走了,为何有人会直接把它们放到我的办公桌旁,而不是把它们留在教室旁边的走廊里,而且他怎么知道我的办公桌在哪里?他怎么能在没有钥匙打开房门的情况下直接走到我的办公桌旁呢?不过还好,接待员更关心的是她浪费掉的早晨时光,而不是讨论复印中心干夜班的员工好似忍者一样的非凡能力。

"嗯,对不起。这种事件不会再发生了。我保证。"我笑着说。

她叹了口气，转过身来，像唱歌一样轻快地说道："没关系，哈迪娅。"同时，她把手挥过头顶，走出了房间。后来我得知，一位体贴的复印中心员工确实把装着练习本的箱子放在了培训中心的前门，一位同事在早上7点到了办公室，看到了标签上写着我名字的包装盒，也决定帮我一次，把练习本送到我的办公桌旁。所以，那天早上我盘算着应该怎样教授连续几小时的课程，非常兴奋，却不料被当天较早些时候我什么都没做的那15分钟时间蒙上了阴影。

这个故事有一个经典的故事结构。故事中有一些重要事件、利害关系，以及主人公观点的变化。如果我选它作为培训故事的话，我可以把重点放在以下几个方面上：更多地关注学员的经验而不是结构化的课程内容，偶尔使用舒适区之外的培训技巧，当然还包括，在指责别人不尽职尽责之前，先做好你自己的工作。

这个故事还有一些其他需要注意的地方。如果你以前从事过培训工作，那么随着故事的发展，你可能会产生共鸣，感到焦虑。练习本在哪里？她能及时拿到吗？她将如何弥补错过的教学内容？由未知结果引发的期待会使听众想听到更多细节。当结局真的到来时，却很有趣，主要是因为出乎意料，有点自我贬低的幽默意味。最初被认为是被无能之辈连累的受害者，实际上却得到了每个人的帮助；而且，如果她再早点上班来到办公桌旁的话，就会了解到这一情况。

我们觉得惊奇或逗人发笑的故事对我们来说也很有趣。但是，故事必须具有娱乐性吗？我们应该特意让它们具有娱乐性吗？我们正在探索的特征是你可以使用各种工具来编写一个故事，使其更可能获得特定的结果。"娱乐性"是其中一个工具，但这种故事特性不同于我所描述的特性，因为它的作用是增强已经存在的故事效果。这是一个重要区别。在学习环境中，幽默应该增强教学内容的效果，而幽默本身并不是教学内容。例如，与学员相关却枯燥的故事可能仍然会有帮助，而有趣却无关的故事虽然听起来很好玩，但可能不会提高学员的能力。如果讲故事的人突出了故事所描述的事件很有趣或令人惊讶的特点，那么一个有意义的故事就可以变得更加令人难忘，效果更好。本章探讨各种运用出乎意料的情节来增强故事效果的策略。

为何娱乐性在故事中很重要

你最喜欢的喜剧演员讲了这样一个故事：他为女朋友准备的一个惊喜生日派对，结果却被搞砸了，又很令人发笑。一个5岁的孩子用最不连贯的方式描述了她一天的生活，你频频点头，显得很激动，或者假装跟着她的思路走。公共电视台播放了一部内容全面的纪录片，里面充满了有关越南战争的第一人称亲密叙事内容，这个话题一直很吸引你。你可能会从这些有趣、尴尬（但可爱）或者悲惨的故事中得到同样的乐趣，因为它们都很有趣，娱乐性强。

"娱乐性"是什么意思？当我们看到或感受到它时，就知道它是什么，但是由于没有一致的定义，很难制订出体现娱乐性的策略。也许我们都能同意这个说法：享受娱乐是一种令人愉快的感觉。让我们发笑的喜剧可能和让我们哭泣的情节剧一样令人愉快。

然而，我们也必须记住，同教学相关的内容以及有意义的活动是精心设计的课程最重要的特点。因此，尽管娱乐性会起到辅助作用，但知道如何与何时使故事变得生动有趣才是每个授课教师常用的教学策略。在这里，为了缩小关注范围，我特别关注那些具有惊喜或逗人发笑的娱乐性故事。

故事娱乐性的作用

有些导师非常有趣，他们诙谐的话语比教学内容更令人难忘，然而也有人认为幽默和其他花招妨碍了学习。没有人建议你学习如何成为一个独立的喜剧演员，但是采取娱乐性

的策略还是有用的,原因有很多:

- 有助于学习和记忆。
- 建立并加强各种联系。
- 缓解可能分散学习注意力的紧张人际关系。

娱乐性有助于记忆

学习和记忆不是同义词,记忆是学习过程中必不可少的环节。娱乐性的故事会唤起情感,学员更容易记住那些能激发自身感受的经历。加布里埃尔·多兰(Gabrielle Dolon)在《做个会讲故事的人:如何在商界讲好故事》(*Stories for Work : The Essential Guide for Business Storytelling*)中写道:"情感的唤起,而不是信息的重要性,才有助于记忆。"

能够触动情感的不一定是你在故事中描述的经历,而是你在塑造、讲述故事时创造的体验。你的故事可能并无出奇之处。重要的是,你要描述故事中的事件如何改变了你,表明听众个人同这一变化有何关系。

除了记住故事中的事件以外,听众还要记住故事所支持的课程内容,这是讲故事的第一要点。如果你正在教授一门跨文化交流课程,学员不仅要记住你在海外教学时的学习心得故事,而且要明白你在故事中所学的内容如何支持你的宏观寓意。这是必须用心选择故事,并考虑它们会如何有效体现出你本人寓意观点的另一个理由。你的故事同教学内容之间的联系应该是显而易见的。

娱乐性建立并加强关系

培训者与学员的关系往往反映出我们大多数人在上小学时了解到的上下级范式。成人学习培训师使用各种策略来维护对课内体验的一定控制,同时试图摆脱这样一种观念,即授课教师是无所不知的权威人物。这种等级关系之所以无效,是因为无论教学内容是什么,成人学员都会将自己的经验带到课堂上,而尊重这一做法的培训师希望学员能够自由地与大家分享自己的各种经验。学员的贡献增强了教学效果,这有助于学员融入并理解教学新内容。虽然培训师的经验可能相关性更强,但是通常不会比课堂上其他人的经验更有价值。

理顺培训师与学员之间的关系是一个微妙的过程。如果我们把彼此看作是同龄人,对每个人来说都会容易些。但是学员可能会花很多钱、花很多时间听取专家的意见,而不是同龄人的意见。因此,要想使学员把培训师看作是他们当中的一员,只是多讲几句"你们好,同学们!我是你们中的一员"

这样的好话还不够。最有效的策略是做好你自己，成为另一个专业人士，抓紧机会更加深入广泛地学习一种技能，或者至少掌握培训的艺术。

讲故事可以消除对别人先入为主的看法。故事层层展开，揭示出一个人如何学有所获：需要实践、时间与诚实的反思。但故事并不是自动就具有"人性化"的特点。你应该用心地挑选塑造故事，以展示我们在平衡风险与回报时所面临的脆弱、恐惧和希望。

每当故事既有启发性，又有娱乐性时，便会光彩照人，很有魅力。自我贬低的幽默在这些情况下很有效。事实上，如果你在讲一个包含着令人不安事件的故事时，讲得轻松诙谐一点，也许有必要。因为人们只听你的故事，最好的目标是你本人。然而要记住，运用幽默手法总是很棘手的，尽管自我贬低的幽默可能是最无害的，没人会抱怨你在取笑自己，但是确实也有它自身的缺点。有些研究探讨过自我贬低的幽默是否能达到目的——这样的幽默通常是为了表现谦虚，为了给人留下更讨人喜欢的印象。虽然大多数人已经确定这样做可以奏效，但也只限于某些情况下。例如，新墨西哥大学的一项研究结果得出结论，自我贬低式幽默的成功受讲笑话者的社会地位的影响，地位越高，笑话就越能使人发笑。

娱乐性的故事不仅可以凸显授课教师的人情味，一同开心大笑的体验也使教师与学员的关系更密切。罗伯特·R. 普罗文（Robert R. Provine）在《有关笑声的科学调查》（*Laughter: A Scientific Investigation*）中写道："笑声主要是一种把人们联系在一起的社交方式，是我们大家都会说的一种潜语言。这不是一种习得的群体性反应，而是一种由我们的基因编程的本能行为。笑声通过幽默和游戏把我们联系在一起。"创造一个大家都觉得舒心的环境，彼此分享故事，这样做有助于促进学习。

娱乐性可以缓解紧张情绪

当成人仍然被过去学校里的可怕回忆所困扰时，让他们置身于教室里会形成一种充满潜在冲突的态势。成人学习原则表明，成人希望他们的经验能够得到倾听、验证，并融入整个学习经验中。做到这一点的难易程度取决于各种因素，例如学员对该主题的了解程度，他们对必须在课堂上学习的感受，以及他们对授课教师的印象。把这些因素与个人性格、意志力以及对未知事物的焦虑感结合在一起，你永远不知道会发生什么情况。有时候，内容令人不快、不宜谈论，或者公司内部出现的问题，或者可能是学员的问题让人心情沉重。

只需要一个"作对的人"，或者按着他们的说法，一个故意唱反调，扩大讨论范围的人，就能够把一个僵持的环境变成一个活跃的环境。

如果紧张程度太高，影响到每个人的学习效果，那么迎面解决问题始终是可行之策，我主张宜早不宜迟。但与此同时，在介于感觉和现实之间的黑暗时期，只要你和学员均清楚你的意图，幽默就是缓解局面的一个很好的方法。只是要注意，幽默指向的是内容或局面，而不是学员。

利用娱乐性增强故事效果

培训师经常对我说他们不善于讲故事，因为他们从来没有遇到过有意思的事件。如果这就是他们对自己生活的看法，那么，这肯定会极大地妨碍选择和塑造各种故事。我们已经探讨过故事结构以及各种能够使故事产生效果的因素，但是即使认可赞同所有这些因素，最终还要依靠故事描述的事件才能使故事产生预期效果。尽管最有本事的故事高手可以将极为平淡的事件讲得妙趣横生，但是显而易见，要让去杂货店购物这件事变得如同攀登珠穆朗玛峰一样引人入胜，就必须付出更多努力，具备更多的才华与丰富的想象力。

为了能够讲出有趣的故事，没必要成为一个虚张声势的人，但是应该相信自己要讲的一些故事是有趣的，这对你所讲的故事能否获得成功至关重要。如果你相信一件事很有趣，就更有可能对它进行反思，并对你所经历的事件得出结论。从有意义的反思中得出的结论所支持的事件，会将一个有效的故事与一个自我放纵的故事区分开来。

探索更多、承担更多的风险可以带来有趣的生活（无论你怎样说），而有趣的生活可能会带来更多可讲的故事。无论你决定铤而走险、谨慎行事，还是走中间道路，发现自身有趣故事的最佳方法是：想想你现在所过的生活和你所经历的一切，哪些方面是有趣的，而不是简单地从你的生活中寻找一个有趣的故事。你觉得无聊的东西，别人可能会觉得引人入胜，有教益意义。当塑造、讲述你的故事时，你应该相信它们值得一听，并思考是什么使其大放异彩。

你正在寻找的故事中，应该包含一些可以通过悬念或娱乐手段来唤起愉悦体验的要素，目标是选择塑造具有悬念或诙谐风趣的有趣故事。

塑造有悬念的故事

简·克莱兰（Jane Cleland）在《掌握悬念、结构和情节：如何写扣人心弦的故事》（*Mastering Suspense, and Plot：*

How to Write Gripping Stories That Keep Readers on the Edge of Their Seats)一书中写道:"悬念是讲故事的核心与灵魂。……为了吸引读者,你需要讲一个引人入胜的故事,其中涉及一些相关人物。"想想我在本章开头提到的那个练习本没有及时送到的故事。当我的确在经历故事中的各种事件时,我真的很惊讶,因为那些练习本一直放在我的办公桌旁。我想你也会感到惊讶。假如我遗漏了描述自己改变了采用练习本教学的看法的那部分内容,那会成为你的经典故事,有一个意想不到的结局。但那也只会是一连串的事件。现在,假设我想增加一点悬念,我能采用怎样的不同手法呢?

惊奇,通常是一个意想不到的事件:当你一个人在家的时候厨房里突然传来一声巨响,或者是一笔年度奖金超过了预期数量,等等。悬念是一种由可能发生的事件引起的兴奋不定或焦虑不定的状态或感觉。故事高手往往会制造悬念,逐渐让听众感到惊奇。一种方法是揭示线索,例如,我故意在我的故事中省去了一些有关练习本没有送到的细节,包括那天早上我本可以去办公桌旁边好几次:我的办公桌旁有一些我需要的东西,但为了节省时间,我从储藏室里取出了一些;一位同事过来说我的电话铃响了,但我没去看,因为就要上课了。如果我透露了这些线索,你可能会怀疑没有送到的练习本和我的办公桌有关系。

另一种增强悬念的方法是先揭示惊奇细节。希区柯克(Hitchcock)曾经说过："恐惧不是体现在爆炸中,只体现在于对爆炸的预感中。"在希区柯克执导的电影《辣手摧花》(Shadow of a Doubt)里,一个连环杀人嫌疑犯为了逃避法律的制裁,藏到了他的妹妹家里。希区柯克并没有让我们相信查理(Charlie)大叔是一个了不起的人物,最后却让我们大吃一惊。在一个小房间里我们第一次看到他,钱撒的到处都是,房东告诉他有两个人要找他,这时我们知道他是个可疑的人。希区柯克知道观众会感到焦虑,因为观众想知道查理大叔的家人何时、如何才能明白真相。再看看希区柯克执导的电影《绳索》(Rope,1948)。在电影开场后的前5分钟里,我们听到一个男人厉声尖叫,看到另外两个男人把那个男人勒死。希区柯克知道,真正的悬念在于我们想知道为什么这两个人谋杀了那个人,他们是否会为自己的罪行付出代价。

一个更实际的示例可能是,故事开头的内容会让听众感到惊奇。这取决于哪些因素适合具体情境,可能是关于故事讲述者的惊奇发现,也可能是故事中的意外转折点。如果你的故事中真的有一个真正意想不到的事件而不是巧合的话,效果会更好。然而,在一个历史往往重演的商业环境中,这些都很难实现。其他时候,在你讲述故事并要求别人提供反馈之前,你可能不会明显地感到惊奇。这对你来说是很平常的事件,而对其他人来说可能是一次充满悬念的冒险。

塑造诙谐风趣的故事

每当我想起自己听过的有趣故事时,诙谐风趣的故事首先浮现在我的脑海中。道格·史蒂文森在《讲故事:商战取胜之道》中写道:"这对专业人士来说是真的,对你也是真的。如果你想引起听众的注意,你就得诙谐逗趣。你不必过于诙谐逗趣,但一定要有足够的幽默感,不时地引起一片笑声。"

我常常刻意让我的有趣故事变得滑稽可笑,但我却会犯一些经典错误,添加更多细节,直到引起我想要的那种听众反应,或者说笑声,表明这是滑稽可笑的部分。我的建议是从事实讲起,不要刻意让它变得滑稽可笑,而是从事实中发现滑稽可笑的内容。

那么,什么是滑稽可笑的呢?解构快乐似乎是一种毫无乐趣的活动,然而大量的研究做的就是这种事件。最常见的研究方法是探索更客观、更易于观察的问题:"什么让人发笑?"而不是非常主观、难以捉摸的问题:"什么是滑稽可笑的？"记者艾莉森·比尔德（Alison Beard）在2014年曾写道："我们发笑，是因为我们发现那些暂时认为的事实结果却不是那样，因为我们发现其他人也处于同样的窘境，因为有的故事讲述的也是这种情况，尤其是当它们与其他类型的快乐相关联时，比如见解深刻、幸灾乐祸、优越感或性骚扰等情形。"事实上，心理学家帕特丽夏·基思·斯皮格尔（Patricia Keith Spiegel）在《幽默心理学：理论视角和实证问题》（*The Psychology of Humor: Theoretical Perspectives and Empirical Issues*）中列举了一些关于人们为什么发笑的理论，包括出于本能、不协调、矛盾、为了释放，出于我们解开了谜底、回归分析，出于我们感到惊讶、有优越感。现在我们就来仔细探讨最后两种理论。

经历意想不到的事件（即感到惊讶）可能使人感到尴尬，结果我们常常笑着慰藉自己的焦虑情绪。把震惊描述为"受骗"看上去还有点道理，但即使是一些像冷笑话那样纯真的事件，也是一个离不开欺骗和误导的小把戏。另一个称为"良性冲突"（Benign Violation）的理论认为，我们发笑是因为我们心中的世界面貌同现实不一样，我们感到惊讶，而这种惊讶则被认为是良性或无害的。

我们嘲笑别人时，会让我们觉得自己有优越感。只有当一个人取得惊人成就，或者批评他人取得的惊人成就时，才能感受到这种原始的人性欲望。对我们大多数人来说，第二种选择更容易。马克·沙兹（Mark Shatz）与梅尔·赫利策（Mel Helitzer）曾在 2016 年指出："专业的幽默作家必须始终意识到，当他的主题和技巧使听众产生优越感时，他们最开心。"但我们并不总是对嘲笑别人感兴趣。优越感加上同情理解和意气相投也会产生诙谐风趣的效果。

我不是建议通过解剖自己的故事来寻找这些特点，也不是建议你围绕这些特点构写故事。但是在你塑造自己的故事的过程中，你可以强化突出遇到的这些特征，从已经存在的故事内容中得到你想要的那种听众反应。

你在审读自己的故事，试图发现一些有趣的娱乐性要素时，应该寻找那些令人意想不到的故事情节。它不一定是重大转变，可以只是一些听众没有预料到的事件。一旦你确定了这一点，就要考虑运用最佳方式来表现令人震惊的故事内容及其寓意。你可能决定通过透露各种线索来增加悬念的成分，或者想要寻求幽默效果，突出重大转变或其外围事件的荒谬性。记住，你要集中精力加工润色故事中已有的内容，而不是为取得冲击效果添加额外的内容。

具有娱乐性的故事选择清单

在考虑选用哪些故事时,问问自己,你的故事:

- ✓ 能否根据故事本身原有的事件(而不是为取得喜剧效果添加的事件)营造幽默笑点、设置悬念?
- ✓ 有出乎意外的成分吗?
- ✓ 有使人感到惊奇的紧张点吗?

总结:怎样才能诙谐有趣

每个人都希望自己的故事诙谐有趣。内容固然重要,但增强故事中的娱乐趣味性、惊奇程度和悬念效果也很重要。许多讲述演讲技巧的书籍建议不要运用幽默手段,认为这可能是一个很滑的斜坡,如果你不小心的话,笑话就会出现在你身上。相反,我认为最好能够理解幽默和惊奇手法是如何发挥作用的,并且灵活运用这些手法。要重点关注使你的故事开心有趣的那些特点,以及娱乐性如何影响学习体验。

娱乐性有助于记忆和学习,建立并加强学员同授课教师之间的关系,缓解通常会对学习环境产生负面影响的紧张情绪。你在塑造自己的故事过程中,通过增加惊奇、悬念和娱乐性等要素,能让它们变得生动有趣,引人入胜。

Part III
成为故事高手

讲故事的过程始于一次有意义的人生经历，这种经历在长时间结束后仍然会萦绕在你的心头，挥之不去。由此可以引起你的反思，使你认真思考发生的事件及其意义，思考你因此发生的变化。通过反思人生经历，将其转变为故事，成为你自己的一部分，无论好与坏，都独具特色。随着时间的推移，更多的人生经历转变为故事，有些故事闯入旧故事的空间，并在你构写新故事的过程中向你最初得出的结论提出挑战。有时这些鲜活生动、不断变化，并对你的各项决定产生影响的故事，也会开始影响别人的各项决定。

本书第一部分探讨的是如何塑造故事，第二部分阐述了具有教益意义的故事具备的一些特点，第三部分则揭示如何讲述这些故事的奥秘。阐述演讲与讲故事技巧的专著有很多，其中提供的指导意见也很有用，还有一些专著阐述的是如何开展有教师引导的室内培训这个问题。本书这部分内容主要探讨演讲与教学之间的内在联系。培训师不发表演讲，而传统的教学策略有时又同讲故事的技巧相抵触。讲故事本身便是一种独特的授课方式。

·8·
展示自己的故事高手

有一次，我要公开谈一谈成为自由职业者这个话题。当凝视着大约100名听众时，我的外表可能显得很平静，但是在内心里，我却经历着一场生存危机。各种问题不断浮现在我的脑海中：为何我是自由职业者？我为此牺牲了什么？为何我不能只要有一份工作就心满意足，不能对顺境逆境一起承受？为何我如此渴望自由？我想证明什么？

当我第一次同意公开谈一谈开启自由职业这个话题时，我根本没有想到它会引发自我怀疑的感觉。我所知道的是，辞去全职工作从事自由职业是我做过的最佳决定。我是自己的老板，自己安排时间。尽管有一些不足，但是如果你能找到工作，工作也能找到你。那么，有什么不足以让你放弃自由成为雇员呢？我的生活就是许多人眼中的最终目标，一个他们正在为之努力奋斗的遥远梦想。我迫不及待地要给他们讲述我自己的奋斗故事。这些故事我已经选择好、加工好，准备与大家分享。

当时我从事全职自由职业已经有3年了。在那一段时间里，我学到了一些我真希望自己在从事自由职业之前就能够了解的东西。事实上，我在辞职前也确实了解了有些内容，但我却忽略了它们，因为它们不符合我为自己指定的生活蓝图。不管怎样，我要跳槽，我不愿意等待。我记得我对一个朋友说过："可能出现的最坏情况是什么？"

我知道很多与会者可能不愿意倾听我的警示故事，但我仍不希望他们犯同样的错误。所以我决定制作一份讲义，列出一个专业人士辞掉全职工作后会放弃的一切。我原本不应该那样做。当我列出了自己为成为自由职业者所放弃的一切后，我开始给自己提出了一个我想让听众也考虑的问题：那值得吗？

能被选中作为主讲人真的非常荣幸，但在当天我所能想到的只是，既然我可以免费参加会议，怎么没有雇主为我支付酒店、机票和其他费用呢？而且，我在那里的时候没有领工资，就像大多数坐在我面前的听众一样。于是，我开始重新考虑选择自由职业的决定。

如果故事里发生的事件能够触动听众的情感，那么人们只能想象分享这些事件会对重温这些经历与旧日情感的主讲人产生什么样的影响。不管这个故事讲的是什么，故事中发生的事件与讲故事的人对这些事件的感觉是两码事。要记住，不管你认为这个故事有多么无关紧要，你能记住它，并且觉得有必要讲出来，这是有原因的。

对我来说，对自由职业突然产生的那种意想不到的失落感与我要正面评价做出这个选择的愿望之间的冲突，造成了一种在观众面前无法解决的认识矛盾。当你面临一个尚未解决的内部冲突，但无论如何都必须选择一方时，会发生什么情况？你会开始质疑你是否相信自己所讲的内容，听众是否应该相信你所说的内容。你说的是真的吗？你是真诚的吗？

你是真诚的吗？

我们都遇到过"真诚"的人，他们是你"所见即所得"那种类型的人，没有隐藏的秘密可言。他们言必由衷，有什么说什么，无论好坏。我们相信这些人是真诚的。但"真诚"是什么意思呢？如果我们都同意字典中有关"真诚"的定义，那么，为何有的人初次见面在别人看来真诚，而对另一些人来说却像是骗子呢？在我们探索真诚如何适用于讲故事之前，我们必须冒着听起来像是自助书口吻的风险，在同一页上明确了解"真诚"一词的含义。

我们倾向于为真诚赋予像高矮那样的一种特点。其危险性正如高个子总是高个子一样，我们认为真诚的人总会表现出真诚的特点。因为真诚被视为一种积极的特点，所以我们往往以积极的眼光看待真诚的人。我们假设相反的情况也是真的——那些不具备真诚特点的人被认为不那么可信。更糟糕的是，当我们把这些假设投射到别人身上时，我们被证明是错误的次数超过了我们愿意承认的次数。

真诚不是少数有福之人与生俱来的权利。布莱尼·布朗（Brené Brown）在《不完美的礼物：放开理想中的你，拥抱真实的自己》（*The Gifts of Imperfection : Let Go of Who You Think You're Supposed to Be and Embrace Who You Are*）中，称真诚为"一种实践———种对你想要如何生活的有意识选择"。她说："这是一种以真实面目示人的选择，真诚为人的选择，将真实的自己展现给别人的选择。"这几乎是我们所有人每一天、每一次的选择都在努力的方向。

几个世纪以来，哲学家、心理学家和艺术家一直在思考如何真诚地生活。他们的著作均强调要有勇气成为真正的自己。对许多人来说，忠于自己并不是他们有意识做出的选择，因为根本就别无选择。这是人的天性。然而，很多人每天都在为能够按自己的方式生活而奋斗：想想无数的歌曲、书籍、电影和其他艺术作品，它们的内容都是描写"做你自己"的欲望及其付出的代价。

为捍卫真诚的自己而进行的战斗在个人与职业的各个方面展开着。例如，尽管我对自己在大会上有关自由职业的发言很有信心，我对个人色彩明显的事件所持有的矛盾心理仍然影响着本应该是学术练习的一些内容。本章重点阐述面对听众讲述自己的故事时，选择真诚态度的具体情况。

真诚与培训授课

我认识的一位高中英语老师曾说过："关上教室的门，就看你的表演了。"这是有一次我们讨论在研究生院学到的教学技巧时，她发表了上述看法。每当只有她同30个学生待在教室里时，她就认为这些教学技巧对她很少有实际帮助。她必须做出快速判断——这些判断更多的是受她的个人观点和教学思想的指导，而不是受她在学校学到的任何理论的指导。她最需要做的就是理清她对行为问题的看法。例如，在课堂上讲话的学生，关于莎士比亚如何描绘女人的观点，或者论述题的答案是否非常接近客观标准的学术难题。

教学内容支持、加强或减少的行为就是课堂的存在理由，但内容不能自动发挥教学作用。否则的话，我们便可在一个满是学员的教室屏幕上自动播放演示文稿，然后离开。学习发生在学员参与的过程中，而有教师指导的学习则是一种有效方法。因此，仅仅有内容是不够的。如果我要通过讲故事授课，我需要在故事的某个地方现身。即使我不讲故事，我的经验也会渗透到教学内容中去。我对内容的感受或相信程度会影响到我的教学方式、回答问题的方式，最终影响学员的学习方式。既然有这么多利害关系，深入了解你自己的真实情况具有重要意义。

培训的真诚在于了解你相信什么，了解你如何看待那些同你所教课程内容有关的你本人的工作经历。正在看着你、听你讲课的学员，可以察觉到你认为自己正在隐瞒的感受，或者你并不知道已经有的感受。人们通常都很慷慨大度，不会因为你对某个话题抱有热情而惩罚你，他们可能会同情你而表现出无聊的迹象，或者在你讨论那些刻意避免但似乎永远不会消失的企业问题时，也和你一样感到沮丧，但他们不会原谅骗局。在你自己都显然不相信时，他们并不想你告诉他们某件事是真的。他们会拒绝接受不真实的故事，也拒绝相信你。他们需要的是真诚。

解决你的情感问题

玛格特·莱曼（Margot Leitman）在《长话短说：唯一适合你的讲故事指南》（*Long Story Short : The Only Storytelling Guide You'll Ever Need*）中建议："如果你无法'把控它'，就不要讲故事。"如果"把控它"意味着不再受所选故事中发生的事件的影响，那么我就没有多少故事可讲了！然而，在她看来，若你仍然对你的故事中发生的事件感到愤怒、悲伤，甚至非常高兴或兴奋，那么，即使事先经过策划和联系，故事从你嘴里讲出来仍然会是混乱不堪、没有章法。

我讲的有关自由职业的那一例子充分说明，当你无意中触及尚未解决的情感问题时，会出现什么情况。开启自己的事业，然后全职经营，这是一个改变生活的重大决定，会影响到你个人生活的方方面面。当我第一次独自经营时，没有意识到这一事实的严重性。回想起来，我还没有准备好迎接即将到来的局面。尽管我在同意讲课之前已经意识到了这些情感问题，但是我在一定程度上也知道我实际上还没有做好讲课的准备。当然，我可以随便聊聊自由职业。我非常愿意向许多问我是如何开始单干的人提些建议，但是我还没准备好花一个小时的时间向一大群听众推销自由职业。

我不认为"把控"由故事引发的情感是讲故事的必要条件。但是你应该与故事中描绘的事件保持一定距离（在生理、心理和时间等方面），花时间思考出现了什么情况，这样你就可以根据自己的感受得出某种结论。你最好在得出结论后，找到解决办法。这个解决办法——与事件或变化发生的原因以及你发生变化的结果并不冲突——就是故事的目的。上述情况最终会回答这个问题："你为何要讲这个故事？"为了听众。当然，你在将故事也算作授课内容之前就应该明确这一点。

进一步接近"把控它"

你所能做的就是根据自己掌握的情况说出事实真相。虽然"真相"之所以存在，是因为故事以事实为依据。但只有你知道你那个版本的故事的真实性以及事件是如何影响你的，只有你知道自己是否真诚。听众只知道你在说什么、怎样说的，他们将根据自己的真实标准来判断这件事件。

与你所讲的内容相矛盾的肢体语言表明，有些事件肯定不对劲。如果你说你很开心，但是你的姿势和动作却表现得恰恰相反，你的内心斗争就会体现在你所讲的内容或言说方式上。也许你出言刻薄挖苦，或者过度解释，但你似乎是想要说服听众和你自己。没有人能保证仅凭你在授课时保持自己的本色就有助于学员的学习。但是,学员能看到或感觉到你在讲课时处理的是自己的问题,这充其量只会分散听课注意力,在最坏的情况下会降低你个人的可信度,而这两者都会影响你的故事想要增强的学习体验效果。

关键不是让你在讲故事之前解决那些悬而未决的问题,而是了解你目前的处境。这种情况最好早一点出现,但通常直到你准备好讲故事,警钟才会响起。现在让我们来了解一些策略,以确定你在讲故事之前是否已经解决了与故事有关的问题。

尊重你的感受

涉及业务时,没有什么是私事,对吗?业务和情感在战略决策中不起作用,对吗?也许是,也许不是。没关系,你有权坚持自己的感受方式。如果你感到失望,则不应该因为出现了对公司有利的情况就削弱这种感受。压抑或被忽视的感受往往以其他方式表现出来。如果你对一个故事或话题尚有未解决的情感问题,它们可能会在你所讲的课程中表现出来。要允许自己在感受中没有丝毫歉意。有利之处是,虽然你对自己的感受几乎没有控制力,但你可以控制自己对这些感受的态度。

务必诚实

要现实一点，知道从生活的任何动荡中恢复过来需要多长时间。不管你是谁，伤口是新的，仍然可能疼痛。有一次，我从一个原本计划辞职的工作岗位上被解雇了。我从来没有想到我会生气，直到我开始和别人谈起这件事。我应该高兴，我本来就想辞职，这样我不仅实现了自己的愿望，还得到了遣散费。但他们竟敢先把我辞退了！不管我对自己的感受了解多少，在这件事发生后这么快就把它写下来是不明智的。

找准你的界线

如果你认为你已经准备好讲述自己的故事，就要确定在运用这一故事方面还有哪些局限性。先把你的故事讲给自己听。如果你能在不跑题的情况下把故事讲完，可以先对着镜子讲，然后再讲给一个朋友听，最后，讲给一群朋友和陌生人听。也许你会发现自己可以讲述这个故事，但是只限于在某些情况下。我已经试过很多次。我会把我认为是开心逗趣的故事讲给朋友们听，结果令我吃惊的是，他们问我为何这么生气！

信任在场的人，信任你自己

信任就是相信某人或某物具有始终如一的效能，真实可靠。信任是有价值的，应该受到保护。一旦失去信任，就很难恢复。我们在给予和获得信任上均有不同表现。有些人认为在别人赢得你的信任之前很难给予完全信任，而另一些人则从一开始就表现出良好的意愿，随意信任别人。还有一些处于中间立场的人认识到随意信任别人的风险，但仍然抱着"既然对别人的怀疑未能证实，且往好的一面想"的态度。

我们都想信任别人并努力工作，力争达到驾轻就熟的程度。相信一些真实的东西感觉很好。事实上，信任一个人，这本身在同等程度上既说明了被信任者的为人，也说明了给予信任者的为人。想想当你的信任遭到违背时，你更多的是责备自己，而不是让你失望的人。我们都愿意相信自己能够做出正确的选择，相信自己很聪明不会上当受骗。我们要相信自己。

我们都知道明智地利用信任的各种益处，但与培训授课相关的益处却使信任的能力为脆弱性腾出了空间，甚至可能使人变得更加脆弱。脆弱，就是暴露自己，让自己有可能受到攻击或伤害。这听起来很可怕，那是因为它确实可怕。我想明确指出的是，我知道有些人在身体上、经济上或社会上体现出的脆弱性并不是他们的选择。我是在区分真正让你处于危险中的脆弱性，以及有积极意义、有针对性的脆弱性。

但是，官方对脆弱性的定义仍然适用于培训师的工作历程。尽管你仍然"暴露自己"，但"受到攻击或伤害的可能性"是相对的。

考虑你自己的脆弱性

无论我多么相信促进学习不需要教师成为专家，但是我仍然不想在我应该知道的事件上犯错误。每当我站在一群人面前发言时，我都冒着犯错误的风险。

讲故事的个人色彩只会增加那些脆弱性。在讲述有关我们自己的故事时，其中一个需要关注的问题是：别人如何根据我们共享的信息看待我们。如果你的故事讲的是你如何采取"挽救大局"的行动，人们会认为你傲慢吗？如果你轻看自己的角色，人们会认为你在寻求赞美吗？如果故事讲的是你让自己难堪的事件，人们会认为你不负责任或者同你有牵连吗？有时我对人们如何解读我的故事感到很吃惊，我甚至怀疑他们听到的内容与我讲的内容是否是一样的。当有人怀疑或以其他方式批评你讲的事实时，他们可以查阅这些事实。但是，当有人批评你的故事时，你的感觉就会像批评你本人一样。

脆弱性不仅仅与传统意义上的情感有关，它也可能允许你自己犯错。也许是向班上学员承认你不知道答案，也许是承认培训师必须冒险放权，同时保持对课堂的控制。它既让人感到心情舒畅，又让人感到不自在。

建立关系

我们经常担心说错话。你可能更担心对别人说错话，而不是对自己说得太多。也许这是真的。虽然我们担心伤害别人的感情，我们更担心被看作是那种会大声谈论别人的人。这种恐惧可以追溯到无意中暴露出我们真实的自我这一点上，或者至少暴露出在某个人看来是我们的真实自我的一些特点。

无论你以任何身份培训授课，你都与学员建立了关系。这种关系是通过拥有共同目标而建立起来的，它的成功依靠坦率的沟通交流。这和所有的关系一样，你想知道你和谁建立了关系，你想知道你的学生是谁，反之亦然。我经常思考这种训练和被训练的工作对我们有什么要求。学员应该相信陌生人说的话，他们还应该和教室里的其他陌生人分享自己的故事。

我应该相信，在同一些我们以前从未见过、以后也可能永远不会见到的人分享我们的故事、知识和精力时，我们表现得都很真诚。我的职业生涯基本上是建立在给陌生人讲课的基础上，无论我是在公司里做员工，还是在公司外做自由职业者，或是教授一门公共课程。虽然在房间里走来走去，让人们分享他们的故事这种活动进行得太久了，但在学员彼此相识或者熟悉培训师的情况下，我很少亲自授课提供帮助。然而，如果我们的关系要想产生我们寻求的结果，大家必须立即相互信任。你会说错话，他们也会说错话。你会让自己难堪，他们也会。教室里你面对的人比你要冒更大的风险，他们把宝贵的时间、注意力和精力交给你支配，你最起码能做的是为他们揭示事实真相，揭示你的事实真相，指明一个他们看清自己的事实真相的途径。怎样去做呢？这里有3个步骤：深呼吸；相信你自己；放手不干涉。

真诚展示自己的故事准备清单

当你准备讲述你的故事时，问问自己，你是否：

- ✓ 准备以真诚为主要目标来促进学习？
- ✓ 准备让自己暴露弱点，并创造一个让学员也暴露弱点的环境？
- ✓ 能够信任自己和学员？
- ✓ 能够重视你正在建立的关系？

总结：真诚的价值

在你通过以讲故事促进交流的时候，探索真诚与有针对性的示弱价值是很重要的。要想在脆弱的时候有安全感，在一定程度上必须先理顺你自己对故事的感受，然后再讲故事。这个过程还涉及高度的信任感以及与学员建立的师生关系。如果你选择有针对性的示弱，那么关键是让你自己自由地为学员创造一个效法你的安全环境。

9. 吸引听众的故事高手

听到教室门在身后关上了,我们都回头看了看。我们的教师萨曼莎(Samantha)站在教室的后面说:"我曾经损失了25万美元。在星期一的时候,我有25万美元,到星期二就不见了。"

在朝教室前面走去时,她在每张课桌前都停住脚步,挑选其中一个人,然后俯低身子。萨曼莎看着第一个人的眼睛问道:"你会用25万美元做什么?"学员在原地回答说不知道。随后,其余的人准备好了各种答案,其中包括"存起来""在一个月的假期里把它花光"这样的答案。很快,萨曼莎提问后有几个学员给出了答案,接着她则用后续问题、俏皮话或只是一个微笑来回应每一个学员。当她走到教室前面时,我们全都考虑过如何处理这笔钱。我们并未拥有(或丢失）过这笔钱，但是这无关紧要——甚至在她告诉我们她是如何失去了这笔钱之前，我们都体会到了她失望的感受。我们都很投入。

我在做了几年的自由职业后，报名参加了销售培训班，这也是我以前不曾想到的。厌倦了在网上读书，也厌倦了观看销售宣传视频，我想在教室里与志同道合的人一起坐在课桌旁学习，教室前面站着老师。我不是擅长交际的人，而是一个讲故事的人。每次我在挤满学员的教室里出现时，都被他们包围着。

当我朝一个空座位走去时，也不知从哪里突然走过来一位身穿蓝白两色圆点条纹蓝礼服的人，满脸带着愉快的微笑。她拦住了我："你好，我是萨曼莎。随便找个座位吧。"她说完便走开了。我有点晕头转向，接着听到萨曼莎在我的右侧说道："坐在这儿怎么样？"她一定是飞快地走到了那边。我朝她走去，坐在靠近前面的一张课桌旁；另外3个人脸上带着不安的微笑，毫无疑问，他们也是萨曼莎安排的。

很快，几乎所有的课桌旁都坐满了人。我注意到萨曼莎不见了。就在那时，她从教室后面走了过来，声称损失了25万美元。她有条不紊地朝教室前面走去，同大家交谈着，然后对我们讲了一个她亲身经历过的专业服务销售出了问题的故事。几年前,她得到了一个为她量身定做的机会。一切都准备就绪——她了解客户的业务,与联系人长期保持着业务关系,他们也准备购买服务。然而,她在讲述自己的故事时并没有匆匆说出这些优势。相反,她说:"情况再完美不过了。你告诉我,你的理想销售情况是什么?"我们列出了各种理想情况,她会同意或进一步讨论学员的观点。在向我们讲述更多故事之后,她让我们列出我们认为她出错的地方。我们知道她误读了暗示,跟进得太晚,要么说得太多,要么说得太少。这些也是她向我们征求建议的地方。

即使是在最初讲述了这个故事之后,她在整个上午给我们讲授销售概念时还经常提到这个故事。她的故事以及她讲述的方式为这个培训班学员造了一个共同的上下文语境,任何人提到它都能立即理解。她的故事变成了我们的故事,随后又变成了我们那天的故事。后来,我问她这个办法是怎样想出来的。

"什么办法?"她问。

我说,"你知道的,让学员参与到你的故事中去。"

她说她的大部分故事都是这样讲的。在教过几年课程之后,她对自己的故事感到厌烦,于是她开始让人们猜测结果,以取得不同的效果。

她说:"然后我发现人们可能不记得我教给他们的东西,但他们记得那个故事……好像我的故事就发生在他们身上一样。"

让学员参与进来意味着什么

我们已经探讨过这样的理念:一旦你讲了一个故事,它就不再属于你。在你讲故事与观众听故事之间的某个环节上,你的故事发生了变化,别人听到的并不是你非常熟悉的故事,他们正在按自己的方式重新构建你正在表述的那些个人体验。无论你是多么井井有条,表述准确,听众都会根据自己的经历自动"过滤"你讲的话语。充其量,他们会记住关键事件;在最坏的情况下,他们听到完全不同的内容,会立即做出判断。

你是否曾经非常喜欢一个故事,在你讲这个故事的时候,如果有人对你说了什么,你会很生气?我知道,我说过无数次"请让我把故事讲完",尤其是当我想用某种方式讲故事的时候。我们认为,人们应该从头到尾静静地听我们讲故事。也许我们在小时候听父母或老师读故事时就明白了这个道理,那时他们明确表示我们要做的就是认真听故事,暂时不要问和侏儒怪[4]的交易究竟是怎么回事。然而，看电视或看电影时的最佳表现就是谈论屏幕上正在发生的事件。我们要向剧中角色问一些问题，比如"你在做什么"，或者说出一些陈述性的话语，比如"他就在你后面"，或是说一句"别打开那扇门"。我们渴望参与，即使我们只能想象着这样做。

要是你知道听众没有随你的心愿倾听你的故事，你会感到沮丧。可是一旦你接受故事不是真实的这一点，也就无关紧要了。事件和人物都是真实的（通常如此），但是如前文所述，故事本身介于客观真实与你心目中的真实之间。我们都曾经和朋友一起亲眼看见过一个事件，但在后来交换意见时却发现，我们只是在基本问题上看法一致。比如你们两人都在火车上，而且火车上有一个穿着小丑服的男人，至于他是个多危险的人物，他的头发是什么颜色，你们有不同的看法。你讲的故事更多是受印象影响，而不是受事实影响。如果你认为你那个故事版本或印象是真实的，并且是你能够讲出的唯一一个故事，那么这可以有效地帮助你通过讲故事的方式促进交流。

---

4. 侏儒怪：格林童话里的一个妖怪。

鼓励学员参与到你的故事当中

在参加销售培训班的第二天,我吃完午饭很早就回到了教室。萨曼莎也很早到了那里,正在回复电子邮件。我和她聊了一会儿,了解到一些有关她的情况。她是一名销售人员,打算通过培训副业来增加收入。当我问她是不是一个训练有素的培训师时,她还不知道有这样的专业人员存在。她认为她是一位优秀培训师,因为她喜欢同人打交道,她还说不喜欢过度考虑她的工作过程。我告诉她不要担心,我会为她做的。

所有培训师都应该参与销售培训课程。丹尼尔·平克(Daniel Pink)在《推销是人的天性:说服他人的惊人真相》(*The Surprising Truth About Moving Others*)中写道:"人们现在把40%的工作时间用在了非卖品的推销上——通过一些不涉及人们购物的方式劝说、影响和说服他人。"无论我作为培训师,还是作为教学设计师,均可将"劝说、影响和说服他人"写进我的工作说明书当中。虽然我更希望自己的专业知识能立即被人接受,但这种情况很少发生,我不太确定它是否应该立即被人接受。

要教会别人一项技能,我必须根据该项技能的价值推销给此人,然后使其相信我建议采用的方法是最佳方法。我必须让他们知道我是一个值得信任的人。讲故事可以达到以下目的。

培训师可运用故事**证明一项技能在具体情境中的价值**。例如，运用故事能够说明管理人员与员工经常沟通的重要性。

培训师可运用故事来**解释不同备选方案的优缺点**，从而凸显他们的建议可能导致更好结果的原因。例如，运用故事可以说明激励员工的领导者同发号施令的管理人员在沟通方式上的差别。

培训师可利用自己的故事**说明领导沟通策略**，展示运用这种策略的个人经验。

如果你对学员了解得不够，可以先把故事的重点集中在你自己和你的个人经验上。但是你的目标是讨论你的个人经验，说明你的知识和经验如何与学员的真实情况相关。最好是利用他们的观点，这样你就可以把他们的经历融入你的故事当中。销售专业人员已经知晓这一点。他们的工作是推销体验而不是物品，正如你应该少关注推销故事内容，更多关注推销运用内容的体验一样。汽车推销员不是向你推销汽车，而是在向你推销拥有汽车的新生活。销售服务也是如此。作为一名顾问，我不是在向你推销任务，而是在向你推销这些任务能够完成的承诺，最终使你得到你需要的解决方案。

邀请学员参与你的故事是吸引学员的另一种方式，这对学习体验至关重要。在选择塑造你的故事的同时，一开始就应该考虑听众在何时、何处以及如何进入故事当中，你会给他们什么提示。你的故事最初越具有相关性，就越容易找到学员可以有所贡献的各个方面。事实上，通过这个练习来塑造你的故事，也可以帮助你在讲故事前使故事同教学内容相关。

让学员参与故事构建的另一个益处是，他们的贡献可以增加你已讲述多年的各种故事要素。我有一个故事，讲的是和一个难以相处的策划人合作的事件。他有敌对情绪，惹人讨厌。但是在项目结束时，我们却成了好朋友。当我第一次塑造这个故事时，其中心思想是时间如何改变关系。然而，每次我讲述这个故事并邀请其他人参与探讨时，我都不由得进行深入挖掘——我从来没有考虑过为何我们的关系会发生变化。从那以后，通过征求听众的意见，这一个故事演变成有关恐惧、权力与信任主题的几个故事。

要求学员有所贡献

一旦你接受挑战，向别人分享你的故事，就必须制订相应的措施，其中包括何时征求他们的意见、如何提问。但是，不要强行这样做，应该给人以真诚的感觉。

何时提问

在你的故事中寻找有意义的共同参与点，鼓励学员反思自己的个人经历，提供相关信息，在合理的选择中做出判断。

即使有其他人的见解，也要确保你的故事完好无损。你要避免围绕关键的情节征求学员意见。

如何征求学员意见

如何征求学员意见，取决于你想寻求什么样的意见。如果你想让他们反思自己的经历，不妨提出下面这样的问题："谁能举例说明这种事件何时发生在了自己身上？"如果问："处理这种情况有哪些选择方案？"则有助于你丰富故事内容。学员的贡献也有助于你讨论其他情况："选择 A 项而不是 B 项，会产生什么后果？"

放弃对故事的控制权

第 8 章结尾处我提出了一个放手的请求，那就是不要再害怕通过讲故事来展现你的个人特点。现在，除了放手不干预之外，我还要你透露一些情况，选择一段你的亲身经历，同别人分享。

再想想萨曼莎的情况。我分别以培训师、教学设计师、旁观者与学员的身份体验过销售培训。销售是一个竞争激烈的领域，对于喜欢获胜的人很有吸引力。因此，他们通常不愿意公开承认自己的缺点。我在多年的销售主题专家访谈中，听到了两种类型的故事。有些故事讲的是销售人员逆势而行，大获全胜的事迹，有些故事讲的是其他销售人员所犯的错误。我很少听过他们失败或者销售失手的故事。而且，由于他们在失去销售机会后很快找到了下一个机会，所以那些谈论失败的人没有太多的反思内容可以分享。只是向前进，向上攀！

在讲述有关自身经历以及相关态度的故事中，你体现出对你本人身份的一种评判。你想让这个世界认为你是谁，从而试图控制这种叙事，就会很难放弃你认为只属于自己的东西。在你能邀请别人参与之前，让故事继续下去是必要的第一步。萨曼莎不在乎她的第一个故事是否是关于失败的，因为她早就放弃了"一次失败便使她永远失败"的想法。她在课堂上也讲述一些英雄故事，但仅仅是为了证明她从错误中学到了什么。

提问

我明白了。你有长达6个小时的内容和3个小时的教学时间，在这种情况下，唯一"已知"的是内容，并且需要将内容讲给学员听。提出并解决一些开放型问题可能会影响到你的日程安排。也许内容很新或者很一般，你无法预料到学员会提出什么问题。根据我的经验，培训师应提问——即席问题，而不是只问一些事先写在领导者指南中的问题——正成为一种失传的技艺。

如果你不愿意提一些与内容相关的问题，那么在讲故事过程中提问将成为一个挑战。你甚至都没有意识到你没有提问，因为你太专注于内容。下次培训授课时，数一数你提问的次数；提出的问题不是民意调查式的封闭型问题，也不是你打算自己回答的问题；学员提出的后续问题和其他互动问题也不算数。不管你查到哪个数，都不要停顿下来。继续问更多的问题！你越是能让课堂感觉像是开展了一场对话，效果就越好。

开始提问的最简单方法是询问"假设"问题，或者提内容与学员的个人经历相关的问题。没错，有些人可能会说一些扰乱课堂的话——各种问题都是包含风险的变量。但如果你认为连续3个小时听你讲话有助于学员表现得更好，那就再想一想。学员的表现不仅不会受到积极影响，而且将内容与他们的经验联系起来也不是由来你决定的。如果你不知道他们的经历是什么，就无法做到这一点。你可以在这些横向联系上分享你的想法，但是你的工作是引导鼓励学员得出他们自己的结论。

请安静

一旦你提出了一个问题，应等待答案。只有当你意识到这个问题需要澄清的时候才开口讲话。我知道这听起来很简单，对吧？有些培训师提出问题后，则会过早放弃，接着自己回答问题，因为沉默叫人太不舒服。你应该适应沉默的场面，相信这个过程。这有一定难度，尤其是在你职业生涯的早期，但随着经验的积累，会变得容易一些。这也会让学员感到不舒服。最终，一旦他们看到你不会让步，就会有人为大家牺牲自己，要么回答问题，要么提出后续问题。所以，你必须让开。

邀请听众参与故事的准备清单

当你准备讲故事时，问问自己，你是否会：

- ✓ 放弃对故事的控制？
- ✓ 要求学员帮助你创造新的共享体验？
- ✓ 在学员以自己的理解回答问题时保持耐心和安静？

总结：共同创造新体验

为了共同创造新的体验，应想方设法让学员走进你的故事当中。讲故事不一定是单向的体验。采取一昧讲故事的态度，就会降低你对学员讲述的欲望。挑战在于：你担心如果放弃对故事的控制，就会放弃你用来表明自己为人特点的叙事控制。放弃这个想法吧，一旦故事从你的嘴里讲出来，它就不再属于你了。

在邀请学员参与故事探讨之前，你需要采取相应的措施。考虑一下你打算何时、以何种方式邀请学员参与进来。你要负责帮助学员完成这一过程，这需要事先考虑周密，计划好在什么情况下让学员参与进来。最后，一旦你要求学员分享体会，就应该保持安静，让他们以自己的速度畅所欲言。记住，他们需要时间将他们的个人经验与你的故事和内容联系起来。

10.
运用肢体语言的故事高手

也许金和李（Lee）并不知道在他们联手培训授课之前，彼此间的风格有多大不同。李是我的同事，在他的整个职业生涯中都担任一名培训人员，金从事市场营销和培训工作。李打算让金作为专题专家来采访，然后与我这位教学设计师合作，根据李运用营销说服技巧的经验创立一门课程。但是金接过了这个项目后，并决定也要亲自参与培训授课过程。李没有阻止她，而是问我们的经理是否能让我观摩教学过程，看看他们究竟是发挥出色，还是搞得一塌糊涂。我相信，李最希望我把金从教室里赶出来。我不知道会发生什么情况，但我等不及要看看结果如何。

在上课的当天早上，金向每个走进教室的人打招呼，而李则在讲台附近踱步，只是停下来盯着各位落座，好像他对他们坐下来的位置特别关注。9点钟，李一开课便讲出了一些常用的家政管理用语:"甜甜圈在这儿""浴室在那儿""我是这样""你是那样""这就是我们今天要做的"。他做了很多次练习,可以表明他经验丰富,但热情不高。

当李介绍金时,金那灿烂的笑容和热情的挥手照亮了她周围的教室空间。李继续讲着开课第一天的营销说服教学内容,但是并无说服力,而金则坐在旁边,不时地点头、踱步,并在恰当的时候大笑起来,轻而易举地博取了学员的眼球。我一直盯着她看,也许是为了寻找让人放心的蛛丝马迹,确使我们大家(李和全体学员)都能渡过难关。

"好,你们已经听了不少了。下面的内容我请金接着讲。"李大声说道。

于是,金接着往下讲,带着满面笑容,从我们百无聊赖的课堂氛围中突围出去。气场的变化,使得那些和我同桌的人开始在座位上挪来挪去。他们坐得笔直,身体前倾。当时觉得她非常想讨得大家的欢喜。在被别人说服的过程中学习说服技巧,这可是一种不同寻常的学习体验。遗憾的是,在新鲜感消失之后,很明显金不是我们等待的救世主。应该有的特点她确实也都具备——有魅力、讲话风趣、招人喜欢——但她更感兴趣的似乎是引人注目,而不是培训授课。

一上午的时间飞快地过去,从内在的平静转变为外在的喧嚣，我们都感到筋疲力尽。对于这种疯狂，并无任何有效对策，但宇宙自有拨乱反正之道。金精力充沛，有能力驾驭整个课堂，在需要秩序时顺理成章地出现了。她毫不费力地讲授课程内容、管理教学活动，只是偶尔回到现实中面对着我们。她很少与团队互动，目光似乎穿越我们，而不是看着我们。她自信的语调和狂躁的手势在她的整个长篇独白过程中一直在吸引着我的注意力。

然而，李却成了我们的拥护者，努力使我们不被淹没在金海啸般的授课内容中。他的授课内容主要包括这些内容如何与我们的工作有关。他似乎对我们如何对待金正在分享的所有信息感兴趣，而且他似乎天生就能察觉到风吹草动的细微迹象。他经常会问一些恰当的问题，使得人们立即发出叹息、愤怒地点头，或低声轻语"我就是这么想的"。在整个过程中，他平静的声音和极简练的动作举止稳定住了当时的场面。

最终，这是一个无法两全其美的决定。这门课需要他们那两种培训授课方式。我们既不能从李那种压抑的授课风格中幸存下来，也不会从金那种授课风格中学有所获。尽管如此，我还是希望这两种授课风格能够体现在一个人身上。

从那以后，我看到过许多由两个人联手讲授同一门课的情况，但我从来没有见过两个差异如此显著的人在一起授课，这可能就是我记忆犹新的原因。听完那次课后，我进行了反思，分析两个人如何以如此不同的方式处理相同的内容。他们的授课风格实际上反映了他们在这个世界上安身立命与生活的方式。

肢体语言与以讲故事促进交流

我们已经探索了在以讲故事促进交流的过程中放弃控制、现身说法，以及展示真实的自我特性等问题。但是，当涉及最强大的视觉工具时（它可以添加或减少你所讲的内容），你还需进一步提高认识。那个工具就是你的身体。

乔·纳瓦罗（Joe Navarro）在《解读肢体语言：前联邦调查局特工快速识人秘典》（*BODY Is Saying：An Ex-FBI Agent's Guide to Speed-Reaching People*）中写道：

> 非语言交流也可以揭示一个人的真实想法、感受和意图。因此，非语言行为有时被称为"照心镜"（为我们透露出一个人的真实心理状态）。由于人们并不总是意识到自己正在进行非语言交流，所以肢体语言往往比口头陈述更加可信，因为后者为达到说话者的目的均经过有意识的加工润色。

演讲者遵循的许多相同的指导原则也适用于讲故事与培训授课。在这两种情况下，你都要努力表述清晰，吸引听众，讲得生动。但是，有一些差异会影响到你运用肢体语言方式背后的意图：

- 一定要使你的肢体语言支持信息内容。

  大多数大型团体的演讲，往往把重点放在单向交流上。但是，培训师应鼓励学员参与讨论。站在讲台后面问一句："有问题吗？"这样并不会让学员对参与讨论产生兴趣。

- 了解身体的运动方式和时间。

  培训授课也是一种更加灵活自然的讲授方法，与准备好的讲述内容相比，它需要更高的灵活性。因为培训授课和讲故事往往比常见的授课方式更加生动，所以你需要进一步了解自己的肢体语言如何支持你讲述的故事。培训人员需要有更强大的身心灵活性。

我会重点关注讲述意图，而不是关注单独的身体部位或特定手势。换句话说，我们将首先考虑你要传递的印象、情绪或观点，然后再考虑如何使用肢体语言来表达或加强它。

讲故事有两个核心目的：建立亲密感与管理情绪。

建立亲密感

我们许多人都目睹过有魅力的歌手或充满活力的演讲者参加的公共活动，同时心想"她好像直接和我说话一样"，或者"我觉得房间里只有我一个人"。也许是他们艺术背后的普世信息引起了我们的共鸣，毕竟，作为个体我们所忍受的许多事件与其他人经历的事件都很相似，只是以不同的方式表现出来。

戴尔卡内基培训公司（Dale Carnegie Training）的用书《卡内基的演讲艺术》（*Stand and Deliver*）中指出："现代观众，无论是会议室里的15人，是舞台上的1000人，还是看电视的数百万人观众，都希望演讲者能够亲自直接同他们交谈。"听众希望有私人交往一样的亲密感，不管他们旁边有多少人。但是他们仍然希望你这位演讲者能够以适当的姿态在听众面前，雄辩有力、充满信心地发表演讲。

讲故事可以是一种在公共空间中展现的颇具个人特点的行为。当故事讲述者和听者之间有相互信任的感觉时，通常听着更容易参与其中。有一种形式的信任就是亲密感。遗憾的是，如何与一群人建立亲密关系是无法回答的古老问题。

每个人都有不同的方法，也有不同的界线。最可靠的策略是了解大多数人有什么共同点，在这种情况下，考虑哪些方面可与你产生更大的共鸣。人们觉得能学到多少东西，取决于你能让他们学到多少东西。你所能做的就是考虑什么对你来说是真实的，并利用这一认识支持一个重视和培养亲密关系的环境。有两种途径可以支持亲密关系：目光接触和接近对方。

目光接触

我对目光接触很感兴趣，因为我要花很多时间确使自己能够做到，确定别人是否也能够做到，并力争将其用作一种有效辨别的工具。我在培训授课时，学员的眼睛会告诉我课程进展如何。我是讲得太快还是太慢？我使他们迷惑不解，还是对他们有所帮助？我在授课内容的某些方面用时过多吗？在人际交往中，我也同样好奇。这个人是否喜欢和我在一起？这个故事讲得太久了吗？如果我在讲故事时听众的眼睛转个不停，我会觉得其中必有含义，不管事实上有没有。

在公共演讲课程中教导人们，必须保持适度的目光接触，因为它表明你在关注他人，心无旁骛。因此，我一直认为，在学习如何培训授课时，目光接触应该是一个重点。如果你采用的是讲故事的方法，更应该这样，因为你要建立横向联系。

然而，并不是说目光接触越多越好。

有一种看法认为，说谎的人"眼神狡诈"，或者往往避免目光接触。如果你相信这一点，也更有可能相信那些保持稳定目光接触的人说的是实话。但是纳瓦罗警告说："记住，食肉动物和习惯说谎的人实际上比大多数人更能保持目光接触，并且紧紧地盯着你看。"

人们避免长时间的直接目光接触也有文化方面的原因。肖塔·乌诺（Shota Uono）和杰瑞·K.希耶塔宁（Jari K.Hietanen）在一项关于东西方目光接触意识的跨文化研究中发现，具有东亚文化背景的人士对保持目光接触评价欠佳。事实上，日本文化中教导人们不要与他人保持目光接触，因为过多的目光接触常常被认为是不礼貌的。

尽管有这些警示性的故事，我仍然相信目光接触可以作为建立联系、增进亲密关系的工具。但是，我们必须依靠前面探讨过的原则，即意图原则。可通过目光接触建立联系，但要注意你想对听众产生的影响。不要因为很久以前在演讲课上建议你保持目光接触就不加区分地随便去做。道格·李普曼（Doug Lipman）在《提高讲故事能力，满足工作和娱乐需要》（*Improving Your Storytelling : Beyond the Basics for All Who Tell Stories in Work and Play*）一书中建议："通常，运用眼部行为的最有效方法是忘记它们。应该重点关注你与听众的关系,关注你想与他们分享或交流什么。然后允许你自己利用有助于讲故事的任何眼部行为。"

接近对方

回到我一开始所讲的那个故事上。金在讲课时非常活跃,精力充沛;我想她一定被一个看不见的气场包围着,因为她讲课时从未离开过讲台。金在她为自己开辟的狭小空间里来回踱步,生动地表演故事,指名道姓向学员提问。但是与学员的真正互动交流却是她画地为牢的一个禁区。而李则穿过桌椅,直接走到提问的学员近前,同他们面对面交谈。他表演故事时便走到学员中间,非常自然地邀请学员参与表演。

李似乎力争同他配合的每一学员建立私人关系。看着他从一个人学员走到另一个学员近前,我很激动。但是我确实担心在这些公开的一对一交流的过程中,其他学员会感到被忽视了。交流只是简短的交谈,但是同李交谈的学员似乎已经接上话题时,我觉得我是在偷听。当时我要对他说的是,应该让我们其他人都能看到他。现在,我会建议他多用心去做他想做的事件——是让一个人感觉建立了联系,还是创造一个环境,让人们觉得有足够的支持,可以满足自己的需要?我相信他的回答是肯定的——他想两者兼得。为了达到这个目的，他可以监视并调整自己的距离，并考虑灵活利用他的身体与位置，为每个人创造学习体验。

讲台又如何呢？显然我不会建议你停留在讲台旁边。但我知道有些课堂环境需要这样做。不过，请记住，我要求你在一个真正合适的地方出现，培训授课，给学员讲故事。这需要从心理、情感以及身体上同听众展开接触。我见过许多伟大的演说家站在讲台上讲着精彩的故事。演员、政治家和商界领袖的毕业典礼演讲视频，生动地说明如何才能触动挤满体育场的广大听众的心灵。几年后我们再次观看这些视频时，甚至还可以感到心潮难平。你重新受到的深深感动莫过于此。但是，让我们借机思考一下，那些站着不动就能够改变世界的人，通常是那些对他们本身、对他们以什么为生、对如何展示自己的价值有着始终如一的信念的人。你在讲台上看到的不仅仅是演讲，而是他们的为人。他们清楚自己的意图，知道自己能为观众带来什么。应该坦诚看待自己感动他人的能力，但现在，要离讲台远点，别再躲躲藏藏了。

管理情绪

如果你选择了一个能够激发情绪的故事，那么如何讲述触动情绪的那部分故事内容呢？这个问题又关系到你的意图与故事效用。你想让学员有何感觉？你本人想有何种感觉？

你有两个利用肢体语言表达情绪的主要工具：表情和手势。

表情

你在讲述能触动情绪的故事时，知道自己的面部是如何变化的吗？除非你的工作需要这样的意识，否则你可能根本就不知道。当前的自拍文化使人们比以往更加了解自己的视角。但是，这些照片通常是有计划拍摄的，你可能要拍摄好几张才能得到一张合适的照片。你在一群人面前说话时，对自己的表情就没有多少控制力。你必须意识到自己呈现出怎样的面部表情，这样你才能确定它会如何影响你传递的信息被感知的方式。

真诚既适用于故事内容，也适用于故事的讲述方式。重要的是，你应该采取一种接近自然的方法来展现你的情绪。感觉第一，感觉的表达第二。换句话说，你应该在重温故事中描述各种经历时使自己的表情得到触动。然而，描述你的感觉明显不同于第一次经历时的感觉。没有必要高兴地跳起来，也没有必要崩溃哭泣（如果你觉得有必要哭泣，那么这个故事还没准备好讲给别人）。你的目标是传达自己的感受方式，不一定是感受它。坚持一些感受是无益的，更糟糕的是还要反复公开地重新审视它们。第 8 章中探讨了在你认为有可能失去控制时,如何解决涉及一个故事的感受问题。你在讲述一个故事时,唯一能了解自己的表情的途径就是在镜子前进行练习。

手势

让我感到吃惊的是,一个简单的手势竟能表达那么多种含义。就像面部表情一样,一般人在谈话或演讲时可能很少注意自己的手势。人们常说他们"用手说话"。如果你是一个用手说话的培训师,你就会知道手势会怎样分散学员的注意力。你需要更好地控制自己的身体对情绪的反应,这样就能够在需要时再现这些情绪。仅仅意识到手部的动作还不够,你还必须理解你是如何占据空间的。

手势可分4种。了解如何充分利用每一种手势,有助于增强讲故事的感染力:

- 标志性的手势表示正在被描述的具体物体或动作。例如,在描述投球时使用投掷动作。这些手势是用来表演故事,而不是简单地讲述故事。不用说你穿过一扇门,而是找到你面前那扇假想的门,转动把手,然后穿门而过。
- 比喻手势表示抽象概念。

例如，伸出一个手掌表示一个点，伸出另一个手掌表示另一个点。我经常使用这种手势，效果不尽相同。难点在于，听众是看出你的比喻，还是仅仅看到你的手在颤抖。因此，最好利用这种手势进行简单的比喻。

- 指示手势指的可能是真实物体或真人，或者是故事描述的那个世界里的人和物。

同样的，不只是去说有人坐在你对面，而是用手指出他坐的地方，这样我们的注意力就可以跟随你的指向。

- 节拍手势是用来表示强调的短小动作。

例如，把食指和拇指按在一起，然后随着你要强调的每一个词有节奏地用力前伸。在讲述过程中的关键节点上停下来，这是一种常用的技巧，用来强调要点或引起注意。用相同方式控制目光也是节拍手势最简单的用法。

你可能会不知不觉地使用这些手势，但许多人更喜欢述说而不是表演，因为他们不想显得有些愚蠢地同不在那里的人说话，漫无目的地穿过房间，或者更重要的是，不小心暴露了他们本无意暴露的一部分自我特性。但谨慎小心并不能进一步提高你的讲故事水平。体验越真实，听者感觉同故事和讲故事者的关联就越大。从策略上来说，运用你自己拥有的最强大视觉工具——你自己——是最有效的方法。

运用肢体语言的故事准备清单

当你准备讲述你的故事时，问问自己，你是否：

- ✓ 意识到你的身体语言的细微差别与特性？
- ✓ 愿意在讲故事的同时通过肢体语言产生亲密感？
- ✓ 使用表情与手势表达情感，增强叙事效果？

总结：你的身体在说什么

肢体语言是一种强大的交流工具，强大到很容易削弱你的语言表达效果；它也可以用来增强你的语言表达效果，传递出语言无法传递的信息。肢体语言创造亲密感和信任关系，帮助你表达情绪。亲密感可以通过目光接触和近距离接触表现出来。表情自然也可以表达情绪，但只有当你意识到你的表情是如何受你的情绪影响时，它们才起到促进作用。手势亦可以反映情绪，但同样，只有当你了解如何在日常交流中利用情绪时，它们才能发挥作用。应该考虑如何最有效地运用这些手势，帮助你通过讲故事的形式培训授课。

.11.
展示与讲述手法并用的故事高手

小时候我最害怕龙卷风。实际上,更准确地说,我害怕龙卷风警报。作为一个蹒跚学步的孩子,每当紧急广播系统在电视上运行测试时,我都会躲在餐桌下,抵御飓风的冲击。

在我的童年时代,底特律没有出现过龙卷风。尽管我不再躲在餐桌底下,但作为一个 12 岁的孩子,我仍然害怕去密歇根州西部的乐队夏令营。龙卷风很少在大城市里发威,但你知道它们在哪里发威吗?在密歇根州西部。

那年夏天的一个下午,我冒着大雨返回小木屋在树林里迷路了。暴风雨警报响起时,我看着暴风雨云在上空聚集。我记得有人告诉过我们,在这种情况下,要往营地的最低处跑。最低处位于女孩营地那边,是一片海滩。在冒着倾盆大雨逃命的路上,我先撞在了挂晾衣绳的柱子上,一股力量使我穿的那双用尼龙搭扣扣紧的鞋子脱脚飞了出去,结果我仰面倒在了泥水里。我赶紧站起来往海滩上跑，和其他女孩汇合在一起。她们蜷缩在一起，在毯子下祈祷。这下我们都得救了，不会被大风刮到奥兹国了。

我不知道那天是否真的形成了龙卷风。我的青春期记忆认为确实如此，而我的成年大脑相信，因为没有人受伤，所以不大可能形成龙卷风。关键是我活了下来，正如你现在看到的那样，我仍然记得那一天的每一分、每一秒。我们都记得那个必须面对最大恐惧的紧要关头。当你真的感到恐惧的时候，你会更加难忘。那年夏天过后，我就不再害怕暴风雨警报了。虽然我仍然不喜欢遭遇真正的龙卷风，但我还是把龙卷风从我的恐惧清单上划掉了。

你可能想知道我为什么把乐队夏令营的故事讲给你听。这是一个有意义的故事实例，故事中的事件和因果关系以主人公的变化而告终。那一天我知道自己表现很勇敢，没有败在当时我无法看清的晾衣绳上（后来它变成了一个有用的比喻）。即使在我噩梦般的最大痛苦中，我仍然可以站起来继续奔跑。

我和大家分享这个故事，还因为它包括一些你觉得必须要做的事件。难的是在讲这样一个故事时，不仰望漆黑的天空，不浑身颤抖地让人知道你浑身都湿透了；当然，也不撞到晾衣绳上。本章阐述的是如何有目的、有策略地表演故事。

展示的含义

我们已经谈论了很多关于真诚的话题,即对自己、对学员都要真诚。这需要利用你经常被遮蔽的内心生活来为人们看到的外部生活提供动力。如果你是少数幸运儿中的一员,即你的内外生活一致,那么生活就更容易了:你有奇怪的想法,你做奇怪的事件;你想有趣的事件,你说有趣的话。因为这就是你的为人特点。怪诞和有趣看上去可以很有意思,但并非每个人的"真实特点"都是怪诞有趣的。如果我恪守真实的自我本性,我会待在家里,一边看电影,一边喝茶。我更愿意让我的头脑冒出各种想法与具体实施策略,或者思考当时我面临的重大问题。因此,为了促进研讨会或者与策划人举行会议,我需要想方设法把我通常做的事件在头脑中多想几遍,而后大声将其念叨出来。人们在我培训授课时看到的是以真诚为基础的实际表现,但仍然只是表现而已。

虽然我注重内心生活的倾向有各种缺点,但是也有一个我很珍惜的优点:我有丰富的想象力和生动的记忆,能够"看见"并描述没有实实在在呈现于我面前的事物。如果我在讲一件过去发生过的事件,我就会回到过去。我可以告诉你发生了什么事件,就像我记得看到它实际发生一样,因为此时好像我已不再和你一起待在室内了。

你在讲故事时看到了什么?你去了哪里?如果你在故事中讲的是以前的老板事无巨细地管着你,让你觉得自己很渺小,你是否感觉到他们总在头顶上盯着你?你有没有感觉到自己像以前那样向后退缩了一点?当你讲述有一次你成功完成了一个项目,你的团队赞扬你时,你是否能微笑着重温多年前发生这件事时的那种自豪感?或者你只记得那些没有表达出细微情感或感受细节的话语?

道格·史蒂文森的观点是建立在长期得到支持的信念基础上的,即展示比仅仅讲述更好。史蒂文森在《用戏剧手法讲故事:商战取胜之道》中写道:"我认为在现场表演中效果最佳的故事讲述形式是展示(表演)和讲述(内容)相结合。你不应该只是把故事当作过去的事件来叙述,还要重演其中的一部分内容,使其产生栩栩如生的效果。""要表演,不要讲述"这样的反馈意见在我的职业生涯中一直伴随着我。我在开始做教学设计工作时第一次听到这句话,这项指令鼓励我们使用实例和真实的练习来教授技能,而不是简单地告诉学员应该做什么。当然,讲故事本身往往就是答案。教学设计师会创造出让学习者处于风暴中心的场景,让他们利用所学的知识闯出一条出路来。

在我的硕士写作课程中，指导老师会经常训斥我们写的东西太"轻率"。如果你有机会描述一个事件，而不是直接告诉读者，那就这样做好了。比如要表达一位女士对她丈夫很生气，一个方法是直接说"我很生你的气"，或者说，这位女士在丈夫跟着她在家里走来走去的时候不理他，晚宴上不让他碰她，或者他在房间里的时候她看起来很好，结果一进浴室却哭了起来。除了说那个男人疯了以外，她还可以在你的故事中做任何事。

在培训授课行业中，"要表演，不要讲述"的理念日益深入人心。再说一次，尽管讲故事可以扭转局面，但是当你展示你的故事时，少讲述、多展示会产生更大的影响。你在一组学员面前站起身来开始培训授课之前，必须塑造、选择你的故事。但是如果你不能够栩栩如生地讲述故事，那么故事仍然只是一个记忆。你必须把学员也带到故事中去。只有自己能回到故事里，你才能做到这一点。讲述是一种证明，展示是一段旅程。

就像本书中讨论过的大多数策略一样，我强调展示而不是讲述，因为我们想触动听众的情绪。我不需要一个花哨的比喻，因为你知道，在别人告诉你之前，你可以根据他们的行为举止感受到他们对你的看法。故事的作用也是一样。我可以只用语言告诉你：我冷得要命，跑了起来，抬头望着黑暗天空中的风暴云；或者，正如我告诉你的那样，我可以颤抖，在模仿跑步的姿势时摆动双臂，抬头看看天空。我敢打赌，你会带着同样的恐惧感和我一起仰视天空。

展示与以讲故事促进交流

我知道，用"表现"这个词来形容训练时，它会有一个消极的含义，特别是因为我们应该体现出真实的自我特性。许多人把表现看作是在表演，或者装成别人，忘掉自己。但是，我不同意这一看法。你真实的自我有很多方面，每一方面均以自己的方式表现出来。尽管真实的自我对你而言极为美丽动人，但是对教室里注视着你的那 20 个学员来说，塑造他们能够看到的形象非常重要。

这里还有另一个因素在发挥作用。你也许能够生动地记得发生的事件，很想让听众与你一起回到当时的情境中去。但是要想做到这一点，不仅仅需要在典型的 101 培训课程中所教给你的技能。你还需要学习，至少是学习高水平的表演技巧。培训师力争完成演员要完成的任务，创造相同的体验，产生相同的影响。拥有这项技能的人自然会从表演者那里借鉴一些有效方法。

我们要求许多培训师必须成为专业演员,这一点极为重要。让你通过资格认证,然后说"你不必成为一个演员,但是……"或者"你不必学表演,但是……"这样做并不难。不过,这不是我的决定,这是你的决定。学多学少随你便,最重要的是,能让人们记住的培训师对演员的技巧都有一个基本了解。接下来,我们将探讨演员与故事高手用来展示,而不是讲述故事情节的一些策略。我们首先研究一下单人表演,这种表演形式由一个人出演原有故事的几个人,并且使用道具。

单人表演

我的乐队夏令营故事已经讲过多遍了,每次根据我想要表达的寓意突出不同的版本、意义或事件。我有较长的故事版本,其中提到我丢失了乐器,或者生动描述了我在黑暗中偶然碰到的小木屋里那位可怕的营地顾问。我还有一些简短的版本,重点讲述的是意外撞到了晾衣绳时的情景。但每次回首往事,我都能感觉到狂风暴雨猛烈敲打着我裸露的双臂。感知的细节对让学员感觉和你一起重温往事至关重要,它也有助于你记住自己的感受,这就是故事的关键所在。

记忆

如果我已经选择塑造自己的故事，那么我会记住其中的各种事件，这样工作就完成了一半。另一半完成于我讲故事，深入挖掘故事内容，以便记住我用来展示故事感觉细节的过程。我的夏令营故事有很多细节，我可以利用它们帮助我记忆当时的感受。事件的时间顺序可能是我安排的，但是记住事件不同于记住感觉细节。我在讲故事之前可能不会记得这些内容。我可以确定我迷路的时间线，但只有当我谈论并看到当时的情景时，我才会感觉到自己的感受。

我首先看到的是工艺美术馆外面的土路。那里寂静得出奇，因为周围没有其他孩子（我认为，由于暴风雨即将来临，教师让孩子们提前离开了）。回想起这寂静的氛围，让我感觉到那天同样令人压抑的潮湿程度。我抬头一看，天空越来越暗，在意识到自己迷路后，这个细节越发让我感到害怕。

所以，要了解你当时的感受，就应该记住你所看到的情景。因为你看到或没有看到的情景往往会使人感到恐惧，所以你的感受也会伴随着这些细节一起出现。

表演

当你想起了感觉细节并开始把它们表演出来的时候，这和你把故事讲给一两个朋友听时的情形似乎没有什么不同。

但是，每当你面对一群学员时，唯一能让你把故事讲得栩栩如生的工具就是你的身体。所以，你的动作要更大、更明显一些。在使用肢体语言增强故事效果时，记住要把故事表演出来，而不是减弱其效果。换句话说，讲故事时要面对听众或观众。应该考虑他们的视角，思考他们和你一起走进故事中时会看到什么。

在那个夏令营故事当中，我把重点放在环境以及我对环境的反应上。这更容易表现出来，因为我熟悉自己的身体和动作。但很多故事都包括其他人物。如果你讲的故事中包括你与他人的对话，或者你同他人一起遇到的事件，你需要酌情考虑设法去表现另一个人，即使只有你一个人在讲故事。表现对话时，应该尽量避免过于频繁地重复"他说……""她说……"这样的讲法。包含不同视角的唯一途径，是运用你自己的创造力去表现另一个人物。

一种做法是改变你的声音，把别人的声音同你自己的声音区别开来。这样做的难处在于要使你的模仿声音听起来不像是嘲弄或屈尊，当然，除非你有意取得这样的效果。你在这样做时，只需面对学员观众，把自己和你要表现的另一个人演好就是了。

另一种做法是与你自己进行一次交谈。首先，为自己确定一个实际位置,比如面向左边或右边。然后,为那位正在同你交谈的人确定一个空间位置,通常是在你对面。根据谈话对象的不同,你将在不同的位置之间交替出现。你仍然应该通过改变自己的声音来区分谁在说话。但是由于听众也有谁在说话的视觉提示,所以区分声音之间的需求就不那么强烈了。

巧用配角

交替变换不同角色的表演位置时所面临的挑战是,你的动作会分散观众的注意力。除了自己扮演多个角色之外,另一种选择是要求学员站起来表现另一个人物。让学员参与表演的难易取决于各种因素,但有一些事情需要牢记于心。

挑选配角

如何找到理想的人选参与故事表演,这取决于你对于学员促进学习体验的看法。你可以简单地招募志愿者,或者随机请人上来帮忙。让我们看看运用每种方法的具体情况:

- 志愿者提示

知道自己事先要招募志愿者,这样做很有帮助。我会立刻开始在学员中海选,逐渐锁定目光,同我认为会响应志愿号召的学员建立联系。然后,在我需要助演时,我会直视着这些学员的眼睛。

在要求志愿者助演时,你应该告诉他们怎样做,而不是期望他们能够轻松自如地同你一起即兴发挥。例如,要这样说:"我可以请哪一位上来帮忙吗?我扮演我以前的老板,你来扮演我。"

• 识别志愿者提示

仔细观察教室内学员展示出的肢体语言。有些人宁愿被卡车撞到,也不愿站在全班同学面前表演自己的故事。如果一个人似乎有抵触倾向,不要强求。

谈到那些似乎有抵触倾向情绪的人,我不鼓励你把自己标榜为"害羞人士的救世主",不鼓励你把一直保持沉默的人叫出来让他们参与表演。我见过这种情况多次,而且这看起来像是只为你自己着想,不是为他们着想。

你策划学员参与的活动要简短一些。人们也许可以做一些很快就结束的事件,但是可能不想和你一起表演4小时的电视剧。

与他人合作

"我真正想做的是导演。"过去有一个大众笑话:所有演员都想当导演。好吧,一旦你邀请别人进入你的表演现场,你就是一位演员兼导演，责任不小。当邀请别人进入教员的空间时，你要对发生的事件负责。记住，仅仅是因为你处在一个展现真实情景的过程中，而且不害怕出丑，并不意味着你的志愿者也是这样。不要为了娱乐其他人就让志愿者显得很可笑。

以下是指导他人助演的一些技巧：

- 不要假设你的演员知道你想要什么效果。

  应该解释一下你想让他们做什么以及怎样做，可在私下或课堂上做出解释。

- 注意对话。

  不管你给志愿者分配了多少台词，他们可能都记不住。

  无论你想让他们说什么，最好让他们用自己的话来说。

- 避免让演员在助演现场出现情绪激动的状况。

  你可能会让某人处于尴尬的境地，或者让学员做出意想不到的反应。

用假想道具表演

Object Work 是即兴表演者描述用假想道具表演的一个术语。在我所讲的夏令营故事中有一些道具，显然晾衣绳的柱子最突出。当我告诉你我碰到了晾衣绳的柱子时，你能想象出那是什么情景吗？你是否想象过一个 12 岁的女孩被甩到空中几秒钟,或者仰面摔倒的情景?又或许我是被晾衣绳弹回来,后退了几步,然后摔倒在泥地上。在许多情况下,这并不重要,但在其他情况下,事件是如何发生的则很重要。故事内容是静态的,但是你讲故事的方式影响着听众会看到什么。记住,我撞到晾衣绳柱子的故事,在听众那里会成为我给他们讲述我自己如何撞到晾衣绳柱子的故事。能为他们描绘出这一情景对教授讲程很有帮助。

以下是一些有益提示,告诉你如何在故事中使用假想道具进行表演:

- 练习操控常见的物品,了解如何在表演中使用它们。
当你拿着水杯的时候,你的手是怎么放的?这和你用杯子喝水时有什么不同?
- 完成一个完整的动作。
你喝完咖啡后,杯子不应该立即消失在稀薄的空气中,要把它就近放在假想的餐桌上。
- 用假想道具表演时,手部动作要夸张一些,以强调其形状和功能。
另外,动作要慢。不要像真喝咖啡那样快速地喝完假想的咖啡!

展示与讲述结合的故事准备清单

当你准备讲述故事时，问问自己，你是否：

- ✓ 能够并且愿意用道具表演故事的各种内容，而不是仅仅描述它们？
- ✓ 能够用声音或道具来表现那些出现在原有故事中的其他人物？
- ✓ 愿意在自己讲故事时让学员助演配角？你知道如何支持他们吗？

总结：表演时间到了

讲故事是一种以真实为本的表演。有些人比其他人表现得更为自然，但重要的是能够挖掘你的个性其他方面的潜力，这有助于表演故事，让学员觉得他们和你沉浸在故事当中。

在表演时，一定要尽可能面对观众，无论故事中的事态情节如何发展。如果故事中还包含其他人，你可以通过改变你的声音和身体姿态来表现他们，或者找一个助演嘉宾来帮助你。此外，在处理假想道具时，要做出夸张而真实的手部动作，确保完成每一个动作（例如，将拿起的盘子放回桌上）。

.12.
成为故事高手的过程

前面各章重点探讨了成为故事高手的原因与方式,但是当盯着一个排满培训授课活动的日历时,你把关注重点放在以讲故事促进交流的方式上也许更有帮助。本章内容既是一次回顾总结,也是一个工具,有助于你通过讲故事来促进下一次的学习体验。

到目前为止,我们讨论的所有主题都是相互依赖的,共同构成了故事高手的整个过程(图 12-1)。

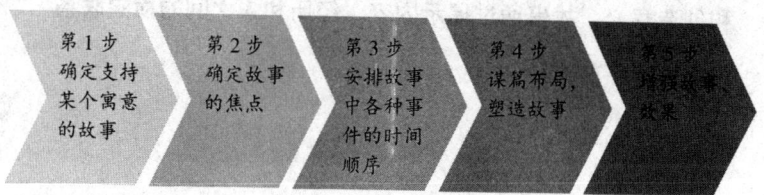

图 12-1 成为故事高手

第1步：确定支持某个寓意的故事

开始建立自己的新旧故事资料库。第1章介绍了尚未开发利用的4个故事来源：你的职业生涯，你生活中的人物，你生活中的事件以及你的价值观。首先，在生活中积累挖掘故事——冒险、提问、做别人意想不到的事。但是，你也必须善于观察，最重要的是要反思。愿意回顾过去，理解发生过的事件。保存、整理可用素材，以备后用。这意味着你已经知道这个故事大体上支持的思想寓意。记住，如果你需要一个故事，就要实事求是。

当你考虑一个故事时，一定要确定它是否具有促进有效学习的特点。我们分别在第4章至第7章里对每一个这样的特点进行过探讨。

产生共鸣联系的故事

我们在第4章中探讨过，讲故事的主要原因是澄清要点和创造意义。故事通过揭示内容、经历和人之间的横向联系来做到这一点。

记住，故事应该：

- 揭示内容和真实经历之间的联系。
- 帮助学员将现有想法与新想法联系起来。

- 鼓励学员将自己的各种经历联系起来，最终从不同的角度看世界。

体现出变化的故事

作家和故事高手会告诉你，有效的故事都会体现出人或环境的变化。然而，变化是最难处理的方面之一，因为它需要诚实、内省，需要时间来反映、识别真实的变化。

在第 5 章中，我们认为你的故事应该：

- 通过具体事例展现积极结果，以激励学员做出改变。
- 有助于学员认识到他们有能力做出改变。
- 指导学员如何做出改变。

具有相关性的故事

我希望可以不用说一个故事应该与听众有关。遗憾的是，正如第 6 章中提到的那样，我看到过太多的培训师未能达到目的，因为他们的故事要么太狭隘，要么太宽泛。

记住，你的故事应该：

- 有一个明确的中心思想，揭示出普遍真理。
- 体现出大多数人共同的情感经历。
- 鼓励学员讲述自己的故事。

具有娱乐性的故事

你应该一直努力讲述创造愉快体验的故事，而不是把乏味的叙事内容冷淡地抛给听众。正如第 7 章所言，虽然"娱乐"并不总是需要让人发笑，但是讲些诙谐开心的内容还是非常有益的。惊奇或意想不到的事件也常常使我们感到很有趣。

记住，你的故事应该：

- 包括悬念要素。
- 包含惊奇情节，或者妙趣横生。

第 2 步：确定故事的焦点

故事所支持的观点不同于故事寓意。几个故事可以支持一个宽泛的观点，一个故事也可以支持几个宽泛的观点。此处的重点是确定故事焦点，即故事本身的意义。

第 3 步：安排故事中各种事件的时间顺序

我们安排事件的时间顺序是为了确定支撑故事的关键事件，以及紧接着发生在关键事件之前的前导事件和随后发生的后续事件。第 1 章探讨过安排时间顺序的问题。

第 4 步：谋篇布局，塑造故事

一旦你确定了讲故事的理由，找到了一个故事来支持你正在促进传播的想法，并确定了故事本身的寓意，你就可以着手谋篇布局，塑造你的故事了。

第 3 章探讨了结构模式的类型。食谱模型关注的是你要构建的故事中包含哪些要素。英雄之旅，类似于食谱模式，突出了情节点及其相应顺序。它还可以帮助你确定故事的意义，因为它鼓励你确定故事主人公转变的内容、方式和原因。

我们还运用故事支柱框架探索了积木式结构模式。这种模式更关注应该包含在故事中的各种要素，而不是特定类型的内容。采用这一模式时，你只需要以各种事件以及它们之间的相互联系作为布局谋篇的基础。

我采用的结构模式是积木结构模式的变体，包括意图（I）、上下文语境（C）、行动（A）与寓意（P）。根据这种模式设置的结构没有严格限制，在考虑到更大的结构格局时需要往后退一步。下面来看这一模式的具体内容。

意图：我想通过故事达到什么目的

首先决定你想要通过故事达到什么目的。意图影响着整个故事。

上下文语境：我要带他们去哪里

你应该从此考虑故事意图，考虑你计划在整个过程中把听众带往何处去。

行动：什么是前导事件、关键事件和后续事件

每个引人入胜的故事都需要行动来推动它的情节发展。ICAP 模型利用时间顺序安排策略来确定前导事件、关键事件和后续事件。这种模式突出的是关键故事结构，以及构成故事的各种事件之间的依赖关系。

寓意：学员如何从这个故事中受益

最后，必须确定策略，通过"寓意构建"过程帮助学员学有所获。记住，意图是你的目标，但寓意属于学员。这就是告诉学员重点讨论什么，帮助学员自己确定寓意之间的差别。在讲课之前，一定要考虑如何做到这一点，它应该是故事布局谋篇过程的一个重要环节。

第 5 步：增强故事效果

如果故事讲得不好，那么选择塑造故事的所有努力将付之东流。第 8 章到第 11 章重点探讨了故事高手的一些特点，以及如何通过讲故事来促进学习；另外探讨了创造有效学习体验的 4 个要素：展现自己，邀请听众参与，运用肢体语言以及结合展示与讲述。

故事高手展现自己

促进学习的特别责任对培训师提出了很多要求。正如我们在第 8 章中所讨论的那样，教室前面是最有影响力的地方，它是一个需要反复争取的位置。有效利用这种影响，并充分掌握。最好的办法就是创造一个有利环境，让人们觉得有能力发挥自己的特点，允许自己犯错误。在这方面，还有什么模式能胜过一位态度真诚、甘愿示弱并且在场的导师呢？

你在讲述故事时：

- 应该以真实可靠作为培训授课的主要目标。
- 创造并支持一个让你和学员你能够安心暴露弱点的环境。
- 信任你自己，信任学员，信任你通过这次经历建立的关系。

故事高手邀请听众参与

你可能已经注意到，在讲到以故事促进交流时，我经常提到放弃控制这一点。它提醒我们，你的体验不应该成为你关注的焦点，重点应该放在学员以及他们如何体验你为他们精心设计的故事上。你有责任邀请学员参与这个过程。

在第9章里，我们讨论了邀请学员参与的重要性：

- 放下你的故事控制权，因为你的故事已经从讲述你个人经历的故事，变成了他们听你讲述那段经历的故事。
- 邀请学员参与发言，由你提出开放型问题，询问你所描述的经历如何与学员的经历相关。要努力推进这一过程，不要期望学员自愿提供有关信息。
- 保持安静，不要回答自己的问题。耐心等待，安心静坐。

故事高手发挥肢体语言作用

第10章阐述了身体是如何传递信息的，无论你是否愿意。如果你不用心来对待这种信息传递方式，你动与不动，在听众看来其含义均不同于你正在讲述的故事。一定要：

- 注意肢体语言的细微差别和特性。
- 在讲述故事的同时，通过肢体语言产生亲密感。
- 运用表情和手势表达情感，增强叙事效果。

故事高手既展示又讲述

要顾及你的听众。把你的故事表演出来总比直接讲出来好。这不仅使故事更加引人入胜，而且有助于建立联系，加深听众对你试图传达的思想内容的理解。

你可以决定进行单人表演，也可以邀请（或招募）其他人参与表演。如果你要自己解决这个问题，就必须设法把故事人物区分开来。如果其他人同你一起表演，你必须在现场进行指导。不要自认为助演者明白你想要他们怎样做。当你通过表演展示故事场景时，你可以：

- 通过形体动作展现故事内容，而不仅仅是口头讲述。
- 通过口头描述或形体动作来表现在你的原创故事中发挥作用的其他人。
- 在你讲故事时，要求学员扮演配角，并在整个过程中支持他们。

"把你理解的真相说出来。"

如果你内心的有些东西是真实的，我们可能会发现它很有趣，而且可能具有普遍意义。所以你必须冒险把真实的情感倾注在作品的中心。直接运笔触及事物的情感中心，脆弱之处也不回避。不要担心显得多愁善感,要担心不能招之即来;要担心的是缺席或欺诈。要甘冒不被人喜欢的风险。把你理解的真相说出来。

——安妮·拉莫特(Ann Lamott)
《一只鸟接着一只鸟:写作与生活指南》
(Bird by Bird: Some Instructions on Witing and Life)

安妮·拉莫特的《一只鸟接着一只鸟:写作与生活指南》是一个启示。我第一次读到它的时候,正在学习非虚构作品写作。那时需要不断地回忆、重温并展现那些构成我个人生活的故事,结果我只是质疑它们的准确性,质疑我从中吸取教训的相关性。这就是把我为自己创造的写作生活同我作为顾问的生活截然分开所付出的代价。

然后,在我准备写本书的时候,我重新阅读了《一只鸟接着一只鸟:写作与生活指南》。远离了研究生院,我就以运用讲故事策略的培训师的眼光看待这部专著。其中的许多经验既适用于创造性的非虚构作品写作,也适用于商界故事讲述。现在看来很明显,故事就是故事。它们有着相同的来源:我自己的生活。它们反映了我以前是谁,我现在是谁,我将来是谁。它们都有价值,但前提是我愿意审视它们,把它们分开,使它们发挥作用。拉莫特建议不要担心说真话或暴露弱点，而要担心缺席或欺诈，这成了督促我寻找、塑造和讲述故事的动力。

我永远不知道你读完本书后，是否会积极地去寻找那些对你的生活产生影响的故事，并将其作为教导他人的工具。但我希望你能做到这点。记住，一旦我和你分享我的故事，它们就不再完全属于我了。你会接受它们，并且以对你最有用的方式解读它们。一旦你运用你的故事帮助学员融会贯通、举一反三时，你的故事也会遇到同样的情况。你现在所能做的就是塑造出更多的故事，献给你心中（还有我们心中）的故事高手。

所以，要多体验、多学习、多分享，讲好每一个故事。

致　谢

首先,感谢许多客户、策划人和课堂参与者,你们多年来与我分享了自己的故事,听取了我的意见。你们表述的所有观点都很重要,我从未认为是理所当然的。

感谢加里·埃尔南德斯(Gary Hernandez),你鼓励我放弃幻想,开始实干。

感谢安娜·玛丽亚·巴雷拉(Ana Maria Barella),你鼓励我重视自己的观点。感谢斯蒂芬妮·里德尔(Stephanie Riddle),我的表妹、朋友和啦啦队队员。

感谢阿曼达·史密斯(Amanda Smith)提出宝贵意见改进我的提案,然后自始至终一直支持这个想法。

感谢我的编辑凯瑟琳·斯塔福德(Kathryn Stafford)和梅丽莎·琼斯(Melissa Jones)发挥自己的专长,耐心地指导帮助我。

感谢卡林·雷克斯（Karin Rex）、小吉姆·史密斯（Jim Smith Jr.）和乔纳森·霍尔（Jonathan Halls）与我分享你们讲故事的观点和策略。

感谢所有曾经鼓励我总有一天要出书的热心人士——我做到了。我希望你们在我身上看到的任何优点都能够鲜明地展现在本书当中。

注　释

Abela, A. 2013. *Advanced Presentations By Design: Creating Communication That Drives Action*. San Francisco: John Wiley & Sons.

Ambrose, S.A., M.W. Bridges, M.C. Lovett, M. DiPietro, and M.K. Norman. 2010. *How Learning Works: Seven Research-Based Principles for Smart Teaching*. San Francisco: Jossey-Bass.

Beard, A. 2014. "Leading With Humor." *Harvard Business Review*. https://hbr.org/2014/05/leading-with-humor.

Brown, B. 2010. *The Gifts of Imperfection: Let Go of Who You Think You're Supposed to Be and Embrace Who You Are*. Center City, MN: Hazelden Publishing.

Campbell, J. 2008. *The Hero With A Thousand Faces*. Novato, CA: New World Library.

Chan, J. 2010. *Training Fundamentals: Pfeiffer Essential Guides to Training Basics*. San Francisco: John Wiley & Sons.

Cleland, J. 2016. *Mastering Suspense, Structure, and Plot: How to Write Gripping Stories That Keep Readers on the Edge of Their Seats*. Blue Ash, OH: Writer's Digest Books.

Cron, L. 2012. *Wired For Story: The Writer's Guide to Using Brain Science to Hook Readers From the Very First Sentence*. New York: Ten Speed Press.

Dale Carnegie Training. 2011. *Stand and Deliver: How to Become a Masterful Communicator and Public Speaker*. New York: Simon & Schuster.

Dolan, G. 2017. *Stories for Work: The Essential Guide to Business Storytelling*. Milton Qld, Australia: John Wiley & Sons.

Greengross, G., and G.F. Miller. 2008. "Dissing Oneself Versus Dissing Rivals: Effects of Status, Personality, and Sex on the Short-Term and Long-Term Attractiveness of Self-Deprecating and Other-Deprecating Humor." *Evolutionary Psychology*, July 1.

Jackson, W. 2011. *Stories At Work*. Aukland, New Zealand: Pindar NZ.

Keith-Spiegel, P. 1964. "Early Conception of Humor: Varieties and Issues." Chapter 1 in *The Psychology of Humor: Theoretical Perspectives and Empirical Issues*, edited by J.H. Goldstein and P.E. McGhee, Chicago: University of Chicago Press.

Knowles, M.S., E.F. Holton, and R.A. Swanson. 2005. *The Adult Learner: The Definitive Classic in Adult Education and Human Resource Development*, 6th ed. Burlington, MA: Elsevier.

Lamott, A. 1994. *Bird by Bird: Some Instructions on Writing and Life*. New York: Anchor Books.

Leitman, M. 2015. *Long Story Short: The Only Storytelling Guide You'll Ever Need*. Seattle: Sasquatch Books.

Leitman, M. 2015. *Long Story Short: The Only Storytelling Guide You'll Ever Need*. Seattle: Sasquatch Books.

Library of Congress. n.d. "The North Wind & the Sun." Adapted from *The Aesop for Children: With Pictures by Milo Winter*, Chicago: Rand, McNally & Co (1919). http://read.gov/aesop/143.html.

Lipman, D. 1999. *Improving Your Storytelling: Beyond the Basics for All Who Tell Stories in Work and Play*. Little Rock, AR: August House.

Navarro, J. 2008. *What Every BODY Is Saying: An Ex-FBI Agent's Guide to Speed-Reading People*. New York: HarperCollins.

Pink, D.H. 2012. *To Sell Is Human: The Surprising Truth About Moving Others*. New York: Riverhead.

Provine, R.R. 2001. *Laughter: A Scientific Investigation*. New York: Penguin.

Shatz, M., and M. Helitzer. 2016. *Comedy Writing Secrets: The Best-Selling Guide to Writing Funny and Getting Paid for It*. Blue Ash, OH: Writer's Digest Books.

Snyder, B. 2005. *Save The Cat! The Last Book on Screenwriting You'll Ever Need*. Studio City, CA: Michael Wiese Productions.

Stevenson, D. 2008. *Doug Stevenson's Story Theater Method: Strategic Storytelling in Business*. Colorado Springs: Cornelia Press.

Uono, S., and J.K. Hietanen. 2015. "Eye Contact Perception in the West and East: A Cross-Cultural Study." *PLoS ONE*, February 25.